Mirjam Pressler
Ich sehne mich so

Mirjam Pressler

# Ich sehne mich so

Die Lebensgeschichte
der Anne Frank

*Mirjam Pressler*, geboren 1940 in Darmstadt, besuchte die Hochschule für
Bildende Künste in Frankfurt und lebt heute als freie Schriftstellerin
und Übersetzerin in München.
Im Programm Beltz & Gelberg erschienen von ihr bisher folgende Kinder-
und Jugendbücher: *Bitterschokolade* (Oldenburger Jugendbuchpreis),
*Kratzer im Lack, Nun red doch endlich, Novemberkatzen* (1986 von
Sigrun Koeppe verfilmt), *Zeit am Stiel, Katharina und so weiter,
Nickel Vogelpfeifer* (Auswahlliste Deutscher Jugendbuchpreis)
und *Wenn das Glück kommt, muß man ihm einen Stuhl hinstellen.*

Lektorat Frank Griesheimer

3., im Einband veränderte Auflage, 15.–17. Tausend, 1995
© 1992 Beltz Verlag, Weinheim und Basel
Programm Beltz & Gelberg, Weinheim
Alle Rechte vorbehalten
Einband und Reihenlayout von Wolfgang Rudelius
Titelbild von Willi Glasauer
Gesamtherstellung Druckhaus Beltz, 69494 Hemsbach
Printed in Germany
ISBN 3 407 80740 6

# Inhalt

1

*Einmal werden wir wieder Menschen*
*und nicht nur Juden sein*
Die Befreiung *9*

2

*Nach dem Krieg will ich ein Buch herausgeben*
Die Tagebücher *19*

3

*Keiner weiß, wie toll Schreiben ist*
Die Schriftstellerin Anne Frank *29*

4

*Ich wohnte bis zu meinem vierten Jahr in Frankfurt*
Geschichte der Familie Frank *38*

5

*An den Holländern liegt es nicht, daß wir Juden*
*es so schlecht haben*
Die Niederlande und die Juden *44*

6

*Denn ein Götterleben, das war es*
Die Zeit bis zum Untertauchen *51*

7

*Wir leben alle, wissen aber nicht, warum und wofür*
Das Hinterhaus *59*

8

*Ich werde immer unabhängiger von meinen Eltern*
Herr und Frau Frank *63*

9

*Zankereien gehören zur Tagesordnung*
Herr und Frau van Pels *73*

10
*Er kennt nichts als seine Charlotte*
Herr Pfeffer *80*


11
*Meine Schwester, das vorbildliche Kind*
Margot *85*


12
*Ich habe mir ein Traumbild geschaffen*
Peter *89*


13
*Sie stehen immer und überall für uns bereit*
Die Helfer *100*


14
*Denn wir können ja doch nicht weg*
Das Hinterhaus und die Außenwelt *116*


15
*Ich bin verändert, und zwar gründlich*
Annes Entwicklung in der Zeit des Untertauchens *124*


16
*Ein Bündelchen Widerspruch*
Annes Schwierigkeiten mit sich selbst *134*


17
Verhaftung und Deportation *138*


Zeittafel *147*
Anmerkungen *149*
Bibliographie *153*
Bildnachweis *153*

Eine Lebensbeschreibung, wie ich sie mir wünsche, sollte zeigen, welches Leben gelebt wurde im Vergleich zu dem, das hätte gelebt werden können; welche Bedürfnisse, Begabungen und Sehnsüchte gefördert wurden und welche warum unterdrückt; welche Entscheidungen aus welchen Gründen getroffen wurden. Das interessiert mich auch bei Anne Frank – und doch ist ein solcher Zugang bei ihr alles andere als leicht. Anne Frank hat noch nicht einmal sechzehn Jahre gelebt. Viel von dem, was ihr Leben ausmachte, geschah zwangsläufig, sie hatte wenig Raum für Entscheidungen. Sie war eine Tochter großbürgerlicher Eltern, sie war Jüdin; und als sie vier Jahre alt war, wurde in Deutschland, ihrer Heimat, ein Regime an die Macht gewählt, das ihren Tod wollte und schließlich auch erreichte.

Darum ist es nötig, Annes Lebensgeschichte im Zusammenhang mit der Geschichte ihrer Zeit zu sehen, einer Zeit, die es den Menschen nicht leicht machte, etwas anderes zu sein als Opfer oder Täter.

Genauso wichtig ist es, sich auf die Person Anne einzulassen, die bei jeder Lektüre ihrer Tagebücher lebendig wird. Ihre Briefe an Kitty erscheinen dem Leser wie an ihn oder sie selbst gerichtet, sie wollen, daß man zu ihnen Stellung bezieht. Ich glaube, man kommt auch gar nicht drumherum. Manchmal merke ich mit Erstaunen, wie viel Annes innere Entwicklung mit der vieler anderer Jugendlicher gemeinsam hat. Manchmal ärgert es mich, daß sie sich so wichtig nahm; dann wieder freue ich mich, weil sie sich so wichtig war. Manchmal steht sie mir fern, wenn ich die Welten spüre, die uns trennen; dann wieder ist sie mir so nah, als wäre sie meine Tochter. (Auch meine Töchter wurden als jüdische Kinder geboren, in Deutschland, aber in einer besseren Zeit.)

*Mirjam Pressler*

# 1

*Einmal werden wir wieder Menschen*
*und nicht nur Juden sein*

## Die Befreiung

Auschwitz am Tag der Befreiung – das können wir, die wir wohl niemals etwas Ähnliches erlebt haben, uns nur schwer vorstellen. Otto Wolken, ein jüdischer Arzt aus Wien, Häftling im Männer-Quarantänelager in Auschwitz-Birkenau, erzählt, wie er die letzten Tage in Auschwitz erlebt hat.[1] Er war einer der Überlebenden – wie Otto Frank, Anne Franks Vater.

Es war der 17. Januar 1945. Eine dunkle Winternacht, alles verschneit. Der Kampflärm der näherrückenden Front, oft zu hören in den Tagen davor, hatte aufgehört. Plötzlich ein greller Gong, lautes Rufen. Otto Wolken beobachtete von einem Versteck aus, wie zum Abmarsch aufgestellte Häftlinge gezählt und abgeführt wurden. Er hörte, wie das eiserne Lagertor hinter ihnen geschlossen wurde, wie die Ketten klirrten und das Schloß einrastete. Ihm war klar, daß die Russen schon ziemlich nahe sein mußten, und langsam keimte in ihm die Hoffnung, nach fast sieben Jahren Haft in mehreren deutschen Lagern lebend aus dieser Todesfabrik herauszukommen. Denn wie alle anderen fürchtete er, die Nazis könnten noch in letzter Minute versuchen, die überlebenden Häftlinge auf irgendeine Art und Weise umzubringen. Wenig später wurde ihm befohlen, eine Liste anzulegen von den Kranken, die kräftig genug waren, einen Fußmarsch von fünfzehn Kilometern zu leisten, von allen, die noch die fünf Kilometer bis zum Bahnhof Auschwitz marschieren könnten, und von jenen, die völlig unfähig waren zu gehen. Die Kranken reagierten mit Panik. Keiner wollte im Lager bleiben, sie weinten und flehten, auf die Marschliste zu kommen. Er beschwor sie liegenzubleiben und versprach ihnen, er würde sie nicht verlassen. Als der Befehl kam, alle Papiere und Dokumente zur Schreibstube zu

bringen, zögerte Wolken. Er hatte nämlich neben den offiziellen Berichten, in denen nur erlaubte Todesursachen wie »Herzkrankheit«, »Lungenentzündung« oder »auf der Flucht erschossen« eingetragen werden durften, insgeheim Aufzeichnungen über die wirklichen Todesursachen vieler Häftlinge gemacht, also »verhungert«, »erschlagen«, »zu Tode gefoltert«, »vergast«. Von diesen Dokumenten wollte er sich nicht trennen. Deshalb brachte er nur die offiziellen Krankengeschichten zur Schreibstube, wo sie sofort verbrannt wurden, seine wichtigen geheimen Aufzeichnungen versteckte er.[2]
Dann kam der Befehl, daß sich Ärzte und Pfleger zum Abmarsch bereit stellen sollten. Er beschloß, nicht mitzugehen, denn er sah keine Chance für sich, einen solchen Marsch zu überleben. Überdies gab es einen italienischen Jungen, den er vor dem Tod in der Gaskammer gerettet hatte. Er wußte, daß der Junge unfähig war, lange in dem kniehohen Schnee zu marschieren, er würde ihn tragen müssen, und wie sollte er das längere Zeit durchhalten? Er wog doch selbst nur noch 38 kg. Schließlich versteckte er sich unter dem Strohsack eines sterbenden Kranken und wartete ab, was weiter geschehen würde.
Erst als alles wieder ruhig war, kroch er hervor und organisierte eine Art Hilfsdienst für die mehr als zweitausend im Quarantänelager zurückgebliebenen Kranken.
Am selben Tag fand ein alliierter Bombenangriff auf die Stadt Auschwitz statt, bei der auch das Kraftwerk zerstört wurde. Im Lager gab es nun kein Licht und kein Wasser mehr, das verringerte die Aussichten, die nächsten Tage zu überleben. Einige Häftlinge, die körperlich noch dazu in der Lage waren, gruben unter dem halbmeterhohen Schnee zwei Zisternen aus. Sie schnitten Löcher in den Drahtzaun, um notfalls fliehen zu können, und auf der Suche nach Nahrungsmitteln brachen sie die Magazine auf und fanden in ihnen Brot, Tee, Zucker und Grieß.
Doch die SS hatte das Lager noch immer nicht aufgegeben, eine Nachhut war geblieben. Als in den nächsten Tagen ein russischer Kriegsgefangener ein Gewehr fand und aus lauter Freude ein paarmal damit in die Luft schoß, erschien plötzlich

eine Abteilung vom Sicherheitsdienst. Nur weil sie den Russen, der geschossen hatte, nicht fanden, trieben sie alle noch im Lager befindlichen russischen Kriegsgefangenen zusammen, stellten sie am Rand eines Grabens auf und erschossen sie. Abends steckten SS-Männer das benachbarte »Kanada«* in Brand, dessen Blöcke bis unters Dach mit Wäsche und Kleidung vollgestopft waren. Die Gefangenen warfen mit Eßschüsseln Schnee auf die gefährdeten Dächer der angrenzenden Baracken, um sie vor dem Feuer und den Funken zu schützen. Außerdem holten sie aus dem brennenden »Kanada« Kleidungsstücke für die Kranken. Morgens wechselte dann zum Glück der Wind, und die Brandgefahr für die Baracken war vorbei.

Doch noch immer gab die SS nicht auf. Am nächsten Tag wurden Maschinengewehre aufgestellt, und am Vorder- und Hintereingang eines jeden Blocks bezog ein SS-Posten Position. Im Lager herrschte eine unheimliche, gespannte Stille. Doch dann wurden die Gewehre wieder auseinandergenommen, und die SS-Männer fuhren mit einem Lastwagen davon. Am 24. Januar tauchten sie erneut auf, diesmal mit dem Auftrag, die letzten im Lager verbliebenen Juden mitzunehmen. Wolken suchte Unterschlupf in einem Block mit Polen, doch diese warfen ihn mit den Worten »Hier ist ein arischer Block!« hinaus. Er versteckte sich in der Jauche, in einem Latrinelaufgraben. In der Nacht vom 26. auf den 27. Januar zerriß eine starke Detonation die Stille, die SS hatte das Krematorium V[3] zerstört, um keine Spuren des Geschehenen zu hinterlassen. Gegen 14 Uhr des folgenden Tages stapften zwei vermummte Gestalten auf der Lagerstraße durch den Schnee und zogen ein Maschinengewehr auf einem Schlitten hinter sich her. Auf ihren Pelzmützen waren die roten Sterne der sowjetischen Armee. Das Konzentrationslager Auschwitz, dessen Namen später zum Synonym für Völkermord und Unmenschlichkeit wurde, hatte aufgehört zu existieren.

---

* ›Kanada‹ war die im Lager übliche Bezeichnung für das Effektenlager in Auschwitz-Birkenau. Dort wurde die Habe, die man den Häftlingen bzw. den sogleich nach ihrer Ankunft Getöteten abgenommen hatte, sortiert und für den Weitertransport vorbereitet.

Am Abend dieses Tages, des 27. Januar 1945, fuhren Hunderte von Militärfahrzeugen ins Lager, die russische Armee befreite die kranken und entkräfteten Häftlinge, die sich noch im Lager befanden. Ein russischer Offizier versprach ihnen auf Jiddisch, alles zu tun, damit sie mit Lebensmitteln versorgt würden und die Kranken die notwendige Pflege erhielten. Schon am nächsten Tag bekamen sie Suppe mit ein paar Brocken Fleisch, an dessen Geschmack sie sich kaum mehr erinnern konnten. Auch Ärzte und Pfleger kamen ins Lager. Trotzdem starben in der Zeit kurz nach der Befreiung noch Tausende, die das Lager überlebt hatten, an den Folgen der Haft.

Auf Befehl des Reichsführers-SS, Heinrich Himmler, war das Konzentrationslager Auschwitz 1940 errichtet worden, am 27. Januar 1945 gab es den »Planeten Auschwitz«, die »Hölle«, die »Todesfabrik« nicht mehr. Darüber, wie viele Menschen allein in Auschwitz ermordet wurden, gibt es keine zuverlässigen Zahlen.[4] Im Großen Brockhaus heißt es: »[...] bis zur Besetzung des Lagers durch sowjet. Truppen (27. 1. 1945) wurden in ihm v. a. Juden in Millionenzahl ermordet.«[5] (Was für eine Distanz liegt in diesem »in Millionenzahl«! Eine solche Formulierung verwischt die Tatsache, daß es lauter Einzelmenschen mit ihren je eigenen Lebensgeschichten waren, die da ermordet worden sind. Eine Tatsache, die man bei Auflistungen von Opfern nur allzuleicht – und vielleicht auch allzugern – aus dem Sinn verliert. Und warum »Besetzung« des Lagers durch sowjetische Truppen und nicht »Befreiung«? Das Wort »Besetzung« klingt nach Unrechtmäßigkeit, wie es zum Beispiel für die Besetzung der Niederlande durch die Deutschen gilt. Das, was die sowjetische Armee in Auschwitz getan hat, verdient eine andere Bezeichnung.)

Der Historiker Martin Gilbert, der die Geschichte dieses Vernichtungslagers (und auch die Versäumnisse der Alliierten in bezug auf den Völkermord) erforscht hat, berichtet, daß die sowjetischen Truppen 650 Leichen und etwa 7.600 Überlebende gefunden haben: 1.200 im Stammlager Auschwitz, 5.800 (darunter 4.000 Frauen) in Auschwitz-Birkenau und 650 in Monowitz, wo sich das zu Auschwitz gehörende Außenar-

beitslager der Firma IG Farben befand.[6] Auch hinter diesen
Zahlen verbergen sich Einzelmenschen: Einer der Befreiten
war Otto Frank, Annes Vater.

Was mag er empfunden haben? Freude, Erleichterung, Erlö-
sung? Viele Häftlinge haben später berichtet, daß sie die
Befreiung wie betäubt erlebten, nicht als das große Glück, den
Moment, auf den sie gewartet hatten. Sie mußten feststellen,
daß das Überlebthaben ihnen nicht das Leben zurückgab, aus
dem man sie herausgerissen hatte, bevor sich die Tore zur
Hölle hinter ihnen schlossen. Die halbverhungerten und meist
kranken Häftlinge waren weder körperlich noch seelisch in der
Verfassung, überschäumende Emotionen wie Freude und
Glück zu empfinden. Ganz abgesehen davon, daß sie nicht
wußten, was die nähere Zukunft für sie bereithielt, wer von
ihren Angehörigen oder Freunden noch lebte, ob überhaupt
noch einer am Leben geblieben war. Oft wußten sie auch nicht,
wohin sie gehen sollten, hatten ihr Zuhause verloren, waren ohne Perspektive und Hoffnung, im wahrsten Sinne des
Wortes »Displaced Persons«, wie sie später genannt wurden.

Auch Otto Frank muß es ähnlich gegangen sein. Seine eigentliche Heimat, Deutschland, hatte er schon zu Beginn der
Hitlerzeit verloren, der Rest an Hoffnung, falls es einen solchen gegeben haben sollte, ist ihm in Auschwitz dann sicher
vergangen. Er muß im Lager herumgelaufen sein, verstört, auf
der Suche nach seiner Frau, seinen Töchtern, nach den anderen, die damals mit ihm untergetaucht waren. Er fand
niemanden. Peter van Pels hatte er noch gesehen, bevor dieser
am 16. Januar von der SS auf einem der sogenannten Evakuierungsmärsche* mitgeschleppt worden war.

Otto Frank hatte noch versucht, Peter zu überreden, sich in
der Krankenbaracke zu verstecken, doch dieser hatte sich ent-

---

* Beim Näherrücken der Roten Armee versuchten die Nazis, die noch lebenden Häftlinge aus den
Konzentrationslagern im Osten zu »evakuieren«, das heißt, sie in Lager innerhalb Deutschlands oder
Österreichs zu bringen. Die Evakuierungsmärsche wurden später auch »Todesmärsche« genannt, da
jeder, der nicht mehr weiterkonnte, der auch nur stolperte und hinfiel, von den begleitenden SS-
Männern erbarmungslos erschossen und am Straßenrand liegengelassen wurde.

schlossen, mit auf den Evakuierungsmarsch zu gehen, da er in guter Kondition sei. Was Otto Frank nach seiner Befreiung nicht wußte, was er erst viel später erfuhr: Peter hatte den »Todesmarsch« überlebt, er lebte auch noch zu der Zeit, als Auschwitz befreit wurde, starb dann aber am 5. Mai 1945 in Mauthausen, drei Tage bevor die Alliierten dieses in Österreich liegende Lager erreichten.

Otto Frank, bis zum Skelett abgemagert wie alle Häftlinge, konnte sicher nicht klar denken, nicht viel Vorstellungskraft entwickeln. Er wird von einer einzigen Idee besessen gewesen sein, nämlich ›nach Hause‹ zu kommen, seine Frau und seine Töchter zu treffen, die hoffentlich überlebt hatten. ›Nach Hause‹ bedeutete die Niederlande, das Haus an der Prinsengracht, in dem er mit seiner Familie und den anderen Untergetauchten von Juli 1942 bis zu jenem verhängnisvollen 4. August 1944 versteckt gelebt hatte und in dem sich auch seine Firma befand. Und schließlich meinte ›nach Hause‹ auch die Helfer, die unter größtem persönlichen Risiko in den mehr als zwei Jahren des Untertauchens für ihn und die anderen gesorgt hatten: Miep und Jan Gies, Victor Kugler, Johannes Kleiman, Bep Voskuijl.

Man darf sich die Befreiung nicht so vorstellen, daß nach der Ankunft der Soldaten sofort das Rote Kreuz oder andere Hilfsorganisationen gefolgt wären, Essen und Medikamente verteilt hätten, Lazarette eingerichtet und den Heimtransport organisiert. So war es nicht, obwohl die sowjetischen Soldaten für die Überlebenden taten, was sie konnten, wie Fritzi Frank[7], ebenfalls eine Überlebende von Auschwitz, berichtet hat. Sie sägten die dreistöckigen Betten auseinander, um den Geschwächten das Hinaufklettern zu ersparen. Sie gruben Latrinen, da alle Klosetts verstopft und eingefroren waren. Jene Befreiten, die körperlich dazu in der Lage waren, halfen etwa beim Kartoffelschälen und wuschen auch so gut wie möglich die Kleidung. Doch an geregelte Transporte in die Heimatländer war vorerst nicht zu denken, denn es herrschte ja noch Krieg. Die beiden großen Fronten, die Westfront und die Ostfront, verliefen jetzt mitten durch Deutschland und kamen einander immer näher. Die Alliierten flogen pausenlos Bombeneinsätze, Deutschland brannte.

Etliche Befreite machten sich auf eigene Faust auf den Weg, allein oder gruppenweise, ›nationalitätenweise‹. Sie zogen vom Lager aus in alle Himmelsrichtungen durch das vom Krieg zerstörte Europa, manche von ihnen auf der Suche nach Angehörigen, die vielleicht überlebt haben mochten, andere bereits ohne Hoffnung. Nur weg von der Hölle. Unterwegs halfen ihnen sowjetische Soldaten, wiesen ihnen Häuser zu, deren Bewohner geflohen waren, in denen sie vorübergehend bleiben konnten, gaben ihnen zu essen. Die Befreiten gingen zu Fuß, fuhren Teile des Weges auf Armeefahrzeugen mit, erwischten hin und wieder einen Zug. Unterwegs mußten sie oft die Reise unterbrechen, weil die Grenzen zwischen den Besatzungszonen nicht einfach zu überschreiten waren oder weil die Befreiten zu krank waren. Sie waren und wurden krank als Folge des Hungers, als Folge der katastrophalen Bedingungen in den Lagern, krank auch als Folge des ungewohnten Essens. Der jiddisch schreibende Autor K. Zetnik, Überlebender von Auschwitz, erzählt davon, wie eine Gruppe befreiter Häftlinge unter grausamen Schmerzen starb, nachdem sie Speck gegessen hatten. Ihre ausgemergelten und geschundenen Körper waren nicht mehr in der Lage, Fett zu verdauen.[8]

Otto Frank blieb im Lager, bis es am 5. März einen Transport nach Odessa gab. Unterwegs, in Kattowitz, traf er Frau de Wiek, die er vom niederländischen »Judensammellager« Westerbork her kannte und die mit ihm und den anderen nach Auschwitz deportiert worden war. Von ihr erfuhr Otto Frank, daß seine Frau Edith tot war, gestorben in der Krankenbaracke in Auschwitz-Birkenau, neben Frau de Wiek. Aber über die Töchter wisse sie nichts, die seien weggebracht worden. »Herr Frank rührte sich nicht, als ich es ihm sagte. Ich sah ihm ins Gesicht, aber er hatte es weggedreht, und dann machte er eine Bewegung. Ich weiß nicht mehr, welche Bewegung es war, aber mir ist, als habe er den Kopf auf den Tisch gelegt.«[9]

Im Zug lernte Otto Frank Elfriede (Fritzi) Geiringer-Marko-

vits kennen, eine Frau, die mit ihrer Familie aus Wien nach
Amsterdam geflohen und später nach Auschwitz deportiert
worden war. Ihr Mann und ihr Sohn waren, wie Peter van
Pels, bei einem Evakuierungsmarsch dabeigewesen und
ebenfalls kurz vor der Befreiung des Lagers ›umgekommen‹.
Sie und ihre Tochter hatten überlebt. (Später, 1953, heiratete
sie Otto Frank.) Von Odessa aus wurden die Befreiten mit
dem Schiff nach Marseille gebracht, wo sie am 27. Mai ankamen.

Anfang Juni kam Otto Frank nach Amsterdam zurück, das er
ein knappes Jahr vorher verlassen hatte. Damals waren sie zu
acht gewesen: er, seine Frau Edith und ihre beiden Töchter
Margot und Anne, ferner Hermann und Auguste van Pels,
deren Sohn Peter und der Zahnarzt Fritz Pfeffer.* Acht Juden,
die aus Deutschland in die Niederlande geflohen und dort von
den Nazis eingeholt worden waren.

Jetzt war Otto Frank allein. Es zog ihn zu jenen zwei Menschen, die sich in den letzten Jahren als wahre Freunde
erwiesen hatten, zu Miep und Jan Gies. Vielleicht hoffte
er, seine Töchter dort vorzufinden. Margot und Anne waren
jung und gesund gewesen, sie konnten überlebt haben ... Vielleicht weigerte er sich auch, solche Gedanken überhaupt zuzu-
lassen ... Er kam an, und seine Töchter waren nicht da. Auch
keine Nachricht von ihnen. Keine Nachricht war fast eine gute
Nachricht, denn sie ließ Hoffnung zu, und an die klammerte
er sich. Er sagte zu Miep: »Aber für Margot und Anne, da
habe ich große Hoffnung.«[10]

Miep und Jan Gies nahmen Otto Frank auf, sie stellten ihm ein
Zimmer zur Verfügung, sie sorgten für ihn. Und er, diszipliniert und beherrscht wie immer, ging wieder in seine Firma,
die er jahrelang nicht hatte betreten dürfen, nachdem er sie,

---

* In der Leseausgabe des Tagebuchs werden die von Anne selbst festgelegten Pseudonyme für die
  Untergetauchten verwendet. In dieser Biographie sollen jedoch die richtigen Namen genannt wer-
  den. Bei Zitaten aus Anne Franks Tagebuch habe ich die Pseudonyme allerdings beibehalten.
  Hermann und Auguste van Pels sind bei Anne Hans und Petronella van Daan, Fritz Pfeffer ist Albert
  Dussel.

weitblickend, selbst ›arisiert‹* hatte. Arbeit lenkt ab, Arbeit gibt auch ein Gefühl der Normalität. (Was für ein Gefühl muß es gewesen sein, sich nach dieser grauenhaften Zeit im KZ, nach all diesen Morden und dem Hunger, mit dem Verkauf von Geliermittel zu befassen, damit Hausfrauen Marmelade kochen konnten? Hat Otto Frank das Groteske dieser Situation überhaupt gesehen, oder war er froh über diese wiedergewonnene ›Normalität‹, die ihn ablenkte und seinen Gedanken eine unverfängliche Richtung gab?) Neben seiner Arbeit versuchte er verzweifelt, etwas über das Schicksal der anderen Untergetauchten herauszufinden. Er wandte sich an die verschiedenen Flüchtlingskomitees, durchsuchte die Namenslisten der Opfer, die nach Aussagen von Überlebenden erstellt wurden, voller Angst, die Namen Margot und Anne Frank zu finden.

Und dann eines Tages doch die Nachricht, mit der alle Hoffnung zusammenbrach: Auch Margot und Anne würden nicht zurückkehren. Sie waren beide in Bergen-Belsen umgekommen.

(›Umgekommen‹, so sagt man, aber Anne und Margot wurden ermordet. Obwohl sie an Entkräftung und Typhus starben, sie also von niemandem eigenhändig erschossen oder totgeschlagen oder in die Gaskammer getrieben wurden. Die deutsche Sprache hat leider kein Wort für Handlungen, die Lebensbedingungen herstellen, in denen der Tod von Menschen nicht nur billigend in Kauf genommen wird, sondern geplant und beabsichtigt ist. Das Wort, das fehlt, müßte eine ähnliche Qualität haben wie ›Schreibtischtäter‹.)

Zwei Schwestern, Janny Brandes-Brilleslijper und Lien Rebling-Brilleslijper, hatten Auschwitz und Bergen-Belsen überlebt. Sie hatten Anne und Margot gekannt und beim Roten Kreuz ihren Tod gemeldet. Janny erinnert sich an den Besuch Otto Franks: »Viel später, im Sommer 1945, stand ein langer,

---

* Arisieren einer Firma oder eines Geschäfts: bedeutete im nationalsozialistischen Jargon, jüdische Besitzer von Firmen oder Geschäften zu zwingen, ihren Besitz an ›Arier‹ zu ›verkaufen‹. Der Begriff verschleiert die Ausplünderung und Enteignung der früheren Besitzer. Diese Maßnahmen dienten der »Entjudung« der Wirtschaft.

magerer, distinguierter Herr, der wie ein Aristokrat aussah, auf dem Bürgersteig. Er schaute durch das Fenster herein, und Bob machte ihm auf. [...] Und da stand Otto Frank und fragte, ob ich wüßte, was aus seinen beiden Töchtern geworden sei. Ich wußte es, aber ich konnte es fast nicht über die Lippen bringen. Er hatte es schon vom Roten Kreuz erfahren, aber er wollte es bestätigt haben. [...] Er hat es sehr schwer ertragen. Er war jemand, der nicht so leicht zeigte, was mit ihm los war, jemand, der sich unsagbar gut beherrschen konnte.«[11]

Miep Gies erzählt, daß Otto Frank, nachdem er die Nachricht vom Roten Kreuz erhalten hatte, in sein Büro ging, mit schleppenden Schritten. Sie selbst holte aus der unteren Schublade ihres Schreibtisches Annes Tagebücher, die sie seit dem 4. August 1944 dort aufbewahrt hatte. Sie hatte sie Anne zurückgeben wollen, doch Anne würde nun nicht mehr heimkommen. Miep nahm, nach eigener Auskunft, sämtliche Aufzeichnungen, das Poesiealbum, die Geschäftsbücher, das Kassenbuch, die losen Blätter, trug sie hinüber in Otto Franks Zimmer, hielt sie ihm hin und sagte: »Hier ist das Vermächtnis Ihrer Tochter Anne an Sie.«[12]

(Dieser Satz mit seinem Pathos scheint mir von den späteren Ereignissen und den damit verbundenen Gefühlen gefärbt zu sein. In meiner Vorstellung war Miep erschüttert, weinte vielleicht, überlegte auch, ob das nun der richtige Zeitpunkt sei, Otto Frank die Aufzeichnungen seiner Tochter zu geben, oder ob sie lieber warten sollte. Sie suchte die Hefte, die Blätter, legte sie auf einen Haufen und trug sie dann, immer noch unsicher, hinüber in sein Zimmer. Sie hielt ihm die Papiere hin und stotterte höchstens ein, zwei Worte wie »von Anne« oder »Annes Tagebücher«. Und fing, spätestens jetzt, zu weinen an.)

# 2

*Nach dem Krieg*
*will ich ein Buch herausgeben*

## Die Tagebücher

»Das Hinterhaus« und die daraus resultierenden Übersetzungen wie »Das Tagebuch der Anne Frank« sind kein von Anfang bis Ende chronologisch geführtes Tagebuch, wie man glauben könnte. Die Grundlage für das Buch ist vielmehr die von Anne selbst überarbeitete und ergänzte Zweitfassung ihres ursprünglichen Tagebuchs, zusammen mit einigen Erzählungen aus dem Kassenbuch.

Die Geschichte der Tagebücher und auch der Übersetzungen (Anne Frank schrieb niederländisch, denn sie lebte, seit sie vier Jahre alt war, in den Niederlanden) ist nicht nur für Literaturwissenschaftler spannend, sondern für jeden, der sich für die ›Biographie eines Buches‹ interessiert. Sie ist spannend, weil man den Weg eines jungen Mädchens vom Tagebuch schreibenden ›Backfisch‹, wie man heranwachsende Mädchen damals nannte, zur Schriftstellerin verfolgen kann, ein Weg, der nicht viel länger als zwei Jahre gedauert hat.

Anne Frank bekam ihr erstes Tagebuch, eigentlich ein rot-orange-grau kariertes Poesiealbum, am 12. Juni 1942 zu ihrem dreizehnten Geburtstag. Die Familie wohnte damals noch am Merwedeplein in Amsterdam, in Freiheit sozusagen, obwohl diese Freiheit durch die vielen antijüdischen Gesetze und Verordnungen der deutschen Besatzer erheblich eingeschränkt war. Anne bekam viele Geschenke zu diesem dreizehnten Geburtstag, doch das Tagebuch war, wie sie schreibt, *wahrscheinlich eines von meinen schönsten Geschenken.*[13] Es fällt auf, daß sie bereits in ihrem ersten Eintrag, auf dem Vorsatzblatt, das Tagebuch personifiziert und es direkt anredet: *Ich werde, hoffe ich, Dir alles anvertrauen können, wie ich es noch bei niemandem gekonnt habe, und ich hoffe, Du wirst mir eine große Stütze sein.* Das Tagebuch als Du, als Gegenüber, zu dem sie eine

persönliche Beziehung aufbaut, eine Freundin, der sie später
einen Namen gibt: Kitty.

Otto Frank las nun zum erstenmal die Tagebücher seiner Tochter. Jeder im Hinterhaus und jeder von den Helfern hatte
gewußt, daß sie schrieb, doch nie hatte jemand ihr Tagebuch zu
lesen bekommen. Sie hat wohl manchmal jemandem eine Passage oder eine Geschichte vorgelesen, so Frau van Pels und
Peter. Die Erzählung »Die Fee«[14] hat sie ihrem Vater 1944 zum
Geburtstag geschenkt. Anne erwähnt ein Gespräch mit Margot darüber, daß sie sich vielleicht einmal gegenseitig einige
Stellen aus ihren Tagebüchern lesen lassen würden, doch es
scheint nicht geschehen zu sein, jedenfalls kam Anne auf dieses Thema nicht mehr zurück.

Was Otto Frank beim Lesen empfunden hat, können wir nur
ahnen. Zu dem Schmerz über die verlorene Tochter muß der
Schmerz gekommen sein, von diesem Mädchen nur die Ober-
fläche gekannt zu haben, jene Seite ihrer Persönlichkeit, die
sie nach außen hin zu zeigen bereit war. Doch die zweite Anne,
*die viel schöner, reiner und tiefer ist*, kannte er nicht, kannte
niemand von den Menschen, mit denen sie über zwei Jahre auf
engstem Raum zusammengelebt hatte, denn Anne Frank
selbst hat sie vor ihnen verborgen. Ihr Vater mag geahnt haben, wie seine Tochter wirklich war, aber genau gewußt hat er
es wohl nicht, sonst hätte er in seiner Antwort auf ihren Brief,
in dem sie ihre Selbständigkeit und Eigenverantwortung ver-
teidigte, nicht so gekränkt reagiert (siehe die Einträge vom 5.
und 7. Mai 1944).

Das erste Tagebuch besteht aus dem bereits erwähnten Poesiealbum, das vom 12. Juni 1942 bis zum 5. Dezember 1942
geht. Später schrieb sie noch einige Nachträge zu einzelnen
Briefen und benutzte, wegen der Papierknappheit, ein paar
leergebliebene Seiten. Das nächste erhalten gebliebene Tagebuch ist ein Geschäftsbuch mit schwarzem Einband und in
braunes Packpapier gebunden und beginnt am 7. Dezember
1943, mehr als ein Jahr nach ihrem letzten Eintrag im ersten
Tagebuch. Da sie in diesem Jahr aber sicher weiter geschrieben hat, muß man davon ausgehen, daß mindestens ein Band

des Tagebuchs verlorengegangen ist. Das dritte Tagebuch, ebenfalls ein Geschäftsbuch, mit grün-gold gepunktetem Einband und auch in braunes Packpapier gebunden, beginnt am 17. April 1944, der letzte Eintrag stammt vom 1. August 1944.

Daß wir trotz des verlorenen Tagebuchs wissen, was zwischen Dezember 1942 und Dezember 1943 passierte, verdanken wir den sogenannten ›losen Blättern‹, deren Entstehung auf eine Rede im ›Radio Oranje‹ zurückzuführen ist. Die niederländische Königin war, als die Deutschen im Mai 1940 das Land besetzten, nach London geflohen und hatte dort eine Exilregierung eingesetzt, die über ›Radio Oranje‹ Nachrichten und Durchhalteappelle an das niederländische Volk verbreitete. Am 28. März 1944 hielt der Minister für Unterricht, Künste und Wissenschaften dieser Exilregierung eine Rede, in der er unter anderem sagte: »Geschichte kann nicht nur aufgrund offizieller Unterlagen und Archivakten geschrieben werden. Soll das nachkommende Geschlecht voll und ganz begreifen, was wir als Volk in diesen Jahren mitgemacht und überstanden haben, dann brauchen wir gerade die einfachen Schriftstücke – ein Tagebuch, Briefe eines Arbeiters aus Deutschland, die Ansprachenreihe eines Pfarrers oder Priesters. Erst wenn es uns gelingt, dieses einfache, alltägliche Material in überwältigender Menge zusammenzutragen, erst dann wird das Bild dieses Freiheitskampfes in voller Tiefe und in vollem Glanz gemalt werden können.«[15] Der Minister sprach von einem nationalen Zentrum, wo das zu sammelnde Material bearbeitet und veröffentlicht werden solle. (Dieses ›Zentrum‹ wurde tatsächlich gegründet. Es ist das »Rijksinstituut voor Oorloogsdocumentatie«, das Niederländische Staatliche Institut für Kriegsdokumentation, das 1986 die Kritische Ausgabe* der Tagebücher der Anne Frank herausgegeben hat.)

---

* Unter einer kritischen Ausgabe versteht man die wissenschaftlich genaue Veröffentlichung eines Textes samt all seinen überlieferten Vorstadien. Dabei werden für jede Textstelle alle Entwürfe, Notizen und Überarbeitungen von seiten des Autors herangezogen und alle Varianten nebeneinander abgedruckt. Eine kritische Ausgabe enthält auch Hinweise auf vom Autor verwendete Bücher, Dokumente etc. Sie erlaubt (im Unterschied zur sog. Leseausgabe) einen Einblick in die Entstehungsphasen des Textes und damit in die Arbeitsweise des Autors.

Einen Tag nach dieser Rede des Ministers, am 29. März 1944, schrieb Anne, die gemeinsam mit den anderen Untergetauchten die Rede gehört hatte, in ihr Tagebuch: *Natürlich stürmten alle gleich auf mein Tagebuch los. Stell Dir vor, wie interessant es wäre, wenn ich einen Roman vom Hinterhaus herausgeben würde. Nach dem Titel allein würden die Leute denken, daß es ein Detektivroman wäre. Aber im Ernst, es muß ungefähr zehn Jahre nach dem Krieg schon seltsam erscheinen, wenn erzählt wird, wie wir Juden hier gelebt, gegessen und gesprochen haben.*

Und am 11. Mai 1944 schrieb sie: *Nun etwas anderes: Du weißt längst, daß es mein liebster Wunsch ist, einmal Journalistin und später eine berühmte Schriftstellerin zu werden. Ob ich diese größenwahnsinnigen (oder wahnsinnigen) Neigungen je ausführen kann, das wird sich noch zeigen müssen, aber Themen habe ich bis jetzt genug. Nach dem Krieg will ich auf jeden Fall ein Buch mit dem Titel »Das Hinterhaus« herausgeben. Ob mir das gelingt, ist auch die Frage, aber mein Tagebuch wird mir als Grundlage dienen können.*

Dann begann sie, ihr Buch zu schreiben, »Das Hinterhaus«, und damit sind wir bei den ›losen Blättern‹. Wegen der Papierknappheit hatte sie sich vom Büro, vermutlich von Miep, Durchschlagpapier geben lassen, wie es für Kopien beim Schreibmaschineschreiben benutzt wurde. Auf diese dünnen Blätter schrieb sie nun ihre eigenen Tagebücher ab. Dabei ordnete sie die Einträge um, fügte manchmal mehrere Briefe verschiedenen Datums zu einem einzigen zusammen, kürzte, erweiterte, ließ uninteressante Einträge (oder solche, die sie für uninteressant hielt) weg, schrieb neue, für das Verständnis wichtige Passagen hinzu. So entstand eine zweite, von ihr selbst verfaßte Version ihrer Tagebücher, die sie später veröffentlichen wollte und die heute ›Version b‹ genannt wird.

Auch das fehlende Jahr ist in dieser Zweitfassung enthalten, Anne muß also damals noch über das verlorengegangene Buch verfügt haben. Doch auch diese zweite Version ist unvollständig geblieben, Anne kam mit ihrer Abschrift und der Umarbeitung nur bis zum 29. März 1944. Die Zeit bis zum

1. August findet sich dann wieder ausschließlich in ihrem normalen Tagebuch (Version a), das sie die ganze Zeit weiterführte.

Sie fertigte für das geplante Buch sogar schon eine Liste von Namensänderungen an. Sich selbst wollte sie erst ›Anne Aulis‹ nennen, strich dann den Namen Aulis durch und ersetzte ihn durch ›Robin‹. Margot sollte ›Betty‹ heißen, ihr Vater Otto ›Frederik‹, ihre Mutter Edith ›Dora‹, Auguste und Hermann van Pels ›Petronella und Hans van Daan‹, deren Sohn Peter ›Alfred‹, und der letzte Untertaucher, Fritz Pfeffer, ›Albert Dussel‹. Auch für einige der Helfer plante sie andere Namen. Bep Voskuijl sollte zu ›Elly Kuilmans‹ werden, Miep zu ›Anne van Santen‹, ihr Mann Jan zu ›Henk‹. Zusätzlich zu dem Tagebuch und den losen Blättern schrieb sie 1943 und 1944 auch erfundene Geschichten und Erzählungen über Ereignisse aus dem Hinterhaus. Ein Kassenbuch mit diesen Geschichten ist ebenfalls erhalten geblieben.

All das las nun Otto Frank, eine Seite nach der anderen, ein Blatt nach dem anderen. Beim Lesen müssen Erinnerungen in ihm aufgestiegen sein, Bilder, Gefühle. Sicher verglich er seine Erinnerungen mit dem, was seine Tochter geschrieben hatte, nickte manchmal oder schüttelte den Kopf. Er muß verzweifelt gewesen sein, als ihm klar wurde, wie wenig er Anne gekannt hatte, eine Erkenntnis, die um so schwerer auszuhalten gewesen sein muß, als er seine Tochter nun endgültig verloren hatte. Eine ›Wiedergutmachung‹ war nicht möglich.

(Wurde Anne durch diese Tagebücher für ihn zum Sinnbild des Verlustes, der auch seine Frau und Margot einschloß? Oder entstand damals so etwas wie schlechtes Gewissen den beiden andern gegenüber, das ihn jedesmal bedrückte, wenn er an diese Tochter dachte, denken mußte, weil ihre Tagebücher von nun an einen Großteil seines Lebens bestimmten? Ich fragte Fritzi Frank. Ihr Mann habe die große Aufmerksamkeit für Anne gegenüber Margot immer ungerecht gefunden, sagte sie, und er habe oft gesagt: »Margot war ein Engel.«)

Zweifellos litt Otto Frank bei diesem ersten Lesen sehr, bestimmt erkannte er auch sofort, intuitiv oder bewußt, daß diese

Tagebücher bei weitem die üblichen privaten Tagebucheintra-
gungen junger Mädchen überstiegen. Er übersetzte einige
Passagen ins Deutsche, um sie seinen in der Schweiz lebenden
Verwandten zu schicken, seiner Mutter, seiner Schwester mit
ihrem Mann und ihren beiden Söhnen. Diese Passagen hatten
jedoch noch nichts mit dem Buch »Das Hinterhaus« zu tun, das
später ein so ungeheures Echo fand und bis heute findet. Dazu
fehlte noch ein weiterer Schritt.

Diesen Schritt tat Otto Frank, als er eine komplette Abschrift
der Tagebücher seiner Tochter auf der Schreibmaschine tippen
wollte, wobei er dann aber doch nicht den gesamten Text übernahm, sondern eine Auswahl traf. Als Grundlage für seine
Zusammenstellung dienten ihm die losen Blätter, Annes Version b, doch er wählte zusätzlich aus den ursprünglichen
Tagebüchern, der Version a, Einträge oder Teile von Einträgen aus, die ihm »wesentlich«[16] erschienen. Für die Zeit nach
dem 29. März 1944 konnte er ohnehin nur auf die Version a
zurückgreifen. Dazu kamen noch einige Geschichten aus dem
Kassenbuch.

Daß Otto Frank nicht alle Eintragungen der Version b übernahm, mag verschiedene Gründe gehabt haben, von denen
(außer einer vielleicht berechtigten Vorsicht in bezug auf mögliche Beleidigungsklagen Dritter) die wichtigsten wohl Loyalität, Gerechtigkeitsgefühl und eine gewisse, auch generations-
bedingte Scheu vor der offenen Darstellung körperlicher
Entwicklung waren. So wird er aus Loyalität seiner toten Frau
gegenüber bestimmte abfällige Bemerkungen Annes über ihre
Mutter weggelassen haben, und aus Gerechtigkeitsgefühl einige der verächtlichen Formulierungen über Herrn und Frau
van Pels und Herrn Pfeffer. Vor allem für Frau van Pels und
Herrn Pfeffer hatte Anne immer neue Beispiele ihrer Beschränktheit, ihrer Unhöflichkeit, ihrer Ignoranz und derglei-
chen gefunden. Otto Frank, der Erwachsene, von vornherein
wohl ein Mann mit stark entwickeltem Gerechtigkeitsempfin-
den und großer Diskretion, hatte seinen Mituntergetauchten
gegenüber natürlich eine ganz andere Einstellung als seine
halbwüchsige Tochter, sah seine Leidensgenossen differen-

zierter und war in seiner Einschätzung toleranter. Er muß
Annes Bemerkungen häufig als ungerecht, unüberlegt und un-
angemessen empfunden haben und ließ sie deshalb, der
objektiven Wahrheit zuliebe, weg. Auch die manchmal auffallend offenen Beschreibungen, die Anne Frank von ihrer
körperlichen Entwicklung gab, hielt er wohl für zu privat und
intim und ließ sie deshalb unberücksichtigt.

Er schätzte die Tagebücher seiner Tochter vermutlich vorwiegend als Zeitdokument ein, als Bericht eines untergetauchten
jüdischen Mädchens in den Niederlanden während der deutschen Besatzungszeit. Das von ihm angestrebte »Wesentliche«
sollte daher möglichst objektiv und wahrheitsgetreu sein. Ungerechtigkeiten und rufschädigende Formulierungen anderer
Menschen gegenüber – Menschen, die sich nicht mehr wehren
konnten! – sollten in seiner Fassung des Tagebuchs möglichst
nicht enthalten sein. (De mortuis nil nisi bene. Über die Toten
nur Gutes.) Von diesem Standpunkt aus waren seine Entscheidungen durchaus verständlich und richtig.

Doch er hat einen wichtigen Aspekt außer acht gelassen. Das
Tagebuch der Anne Frank ist nicht nur ein Zeitdokument,
sondern auch die präzise Darstellung der körperlichen, seelischen und geistigen Entwicklung eines jungen Mädchens zur
Frau, unter ganz besonderen äußeren und inneren Bedingungen, unter extremen Einschränkungen und Abhängigkeiten.
Anne Frank beschreibt eine Lebenssituation, wie wir sie ohne
ihre zweifellos vorhandene große Begabung und Ehrlichkeit,
ohne ihren Humor und auch ohne ihre Aggressivität nicht
nachempfinden könnten. Ausfälle und Ungerechtigkeiten zwischen Erwachsenen und Jugendlichen, die uns schon unter
normalen Bedingungen logisch und verständlich wären, sind es
unter solchen Umständen, die alles andere als normal waren,
erst recht und sollten nicht, auch nicht aus Gründen der Loyalität, verschwiegen werden. Subjektivität ist für ein Tagebuch nicht nur kennzeichnend, sondern, um der Glaubwürdig-
keit willen, auch unbedingt notwendig.

Doch ist es nicht nur Anne Franks Subjektivität, die ihre Tagebucheinträge von vielen anderen Tagebüchern Gleichaltri-

ger unterscheidet, sondern auch die – manchmal atemberau-
bende – Objektivität, mit der sie ihre Mituntergetauchten und
die Situation im Hinterhaus mit dem instabilen Beziehungsgeflecht beschreibt und reflektiert. (Mit einer Distanz, die man
sich bei einem Mädchen ihres Alters kaum vorstellen kann,
überdachte sie zum Beispiel immer wieder ihre für sie so problematische Beziehung zu ihrer Mutter, relativierte, suchte
nach Erklärungen und Entschuldigungen.)
Otto Frank jedoch sah in dem Tagebuch mehr das Zeitdokument als den persönlichen, manchmal sehr intimen Bericht
einer Jugendlichen, darum vor allem wollte er »das Wesentliche« aus den Tagebuchbriefen seiner Tochter einen größeren
Freundeskreis lesen lassen. Das war der Grund für die Abschrift, die er verfertigte und die er dann von einem Bekannten
kontrollieren und korrigieren ließ. Ein Freund Otto Franks
drängte, das Tagebuch zu veröffentlichen. Dieses Vorhaben
ließ sich jedoch nicht so leicht in die Tat umsetzen, es schien
vorläufig unmöglich, einen Verleger zu finden.
Erst als der bekannte Historiker Jan Romein unter dem Titel
»Kinderstem« (Kinderstimme) einen Artikel[17] veröffentlicht
hatte, war ein Verleger bereit, das Tagebuch zu drucken, und
zwar im Rahmen einer Reihe, deren Bücher einen bestimmten
Umfang nicht überschreiten sollten. Das führte dazu, daß Otto
Frank die von ihm bereits gekürzte Abschrift noch einmal kür-
zen mußte. Wieder wurden – zum Teil von Otto Frank selbst,
zum Teil vom Verlag – etliche Passagen gestrichen. Das Buch
erschien in den Niederlanden im Sommer 1947 unter dem Titel
»Das Hinterhaus. Tagebuchbriefe 12. Juni 1942 – 1. August
1944« im Verlag Contact, Amsterdam, in einer ersten Auflage
von 1.500 Exemplaren. – Anne Franks Wunsch war in Erfüllung gegangen.
Im Jahr 1950, als »Das Hinterhaus« in den Niederlanden bereits die sechste Auflage erreicht hatte, erschien die deutsche
Erstausgabe beim Verlag Lambert Schneider in Heidelberg
unter dem Titel »Das Tagebuch der Anne Frank«, übersetzt
von Anneliese Schütz.
Obwohl seit 1991 eine neue Übersetzung vorliegt, hat doch die

erste das Bild, das sich deutsche Leser von Anne Frank gemacht haben, fast vierzig Jahre lang geprägt. Anneliese Schütz
war eine deutsche Journalistin, die, ebenso wie die Franks, vor
dem Naziregime nach Amsterdam geflohen war und sich dort
mit der Familie angefreundet hatte. Ihre Übertragung muß,
von einigen Fehlern abgesehen, als korrekt bezeichnet werden, doch hat Anneliese Schütz, die damals schon eine ältere
Frau war, den eher frischen, an der gesprochenen Sprache
orientierten Schreibstil Annes nicht getroffen, und daher bekam das Buch einen etwas antiquierten Ton. Einige der
Angriffe auf die Echtheit des Tagebuchs, die in Deutschland
besonders häufig waren, sind wohl zu einem Teil auf diese
Übersetzung zurückzuführen, weil deren geglättete und
manchmal betuliche Sprache Zweifel daran unterstützen
konnte, ob das Buch tatsächlich von einer Jugendlichen geschrieben wurde.
Es gab in der Übersetzung von Anneliese Schütz auch einige
Abweichungen ›politischer‹ Art, die vermutlich in Absprache
mit Otto Frank entstanden sind. Wahrscheinlich hielt man es
für nicht opportun, in einer deutschen Ausgabe bestimmte
antideutsche Formulierungen Anne Franks wiederzugeben.
Ein Beispiel: Unter dem Datum 17. November 1942 findet sich
bei der Aufzählung der Hinterhausregeln der Punkt: *Gebrauch der Sprache: Es wird zu allen Zeiten gefordert, leise zu
sprechen. Erlaubt sind alle Kultursprachen, also kein Deutsch.*
In der ersten Übersetzung dagegen steht lediglich: *Sprachen:
Alle Kultursprachen... aber leise!!!*
Die deutsche Erstausgabe erschien in einer Auflage von 4.500
Exemplaren, war aber anfangs kein großer Erfolg. (Erst als
1955 die Taschenbuchausgabe auf den Markt kam, stellte sich
allmählich der Verkaufserfolg ein, besonders nachdem die von
Albert Hackett und Francis Goodrich-Hackett erstellte Büh-
nenfassung des Tagebuchs überall mit großem Erfolg gespielt
wurde.) Etwa gleichzeitig erschien eine französische Ausgabe
des Tagebuchs, das »Journal de Anne Frank«, und 1952 »The
Diary of a young Girl« in England und den Vereinigten Staaten.

Inzwischen ist das Tagebuch der Anne Frank, nach Auskunft des ANNE-FRANK-Fonds in Basel, weltweit in über 55 Ländern erschienen, in über 55 Sprachen übersetzt und in über 20 Millionen Exemplaren verkauft worden.

Somit ist auch ein zweiter Wunsch Annes in Erfüllung gegangen. Sie formulierte ihn am 5. April 1944: *O ja, ich will nicht umsonst gelebt haben wie die meisten Menschen. Ich will den Menschen, die um mich herum leben und mich doch nicht kennen, Freude und Nutzen bringen. Ich will fortleben, auch nach meinem Tod.*

Das ist ihr gelungen wie kaum einem anderen Mädchen, wie kaum einer anderen Schriftstellerin.

# 3

*Keiner weiß,*
*wie toll Schreiben ist*

# Die Schriftstellerin Anne Frank

Wie kann man sich einem Menschen wie Anne Frank nähern, nach so vielen Jahren, nach einer ganzen Generation? Sie wäre jetzt über sechzig Jahre alt. Auch alle Leute, die sie gekannt haben, sind, sofern sie überhaupt noch leben, relativ alt. Ich gehe nicht zu ihnen und frage: Wie war Anne? Ich will sie nicht fragen, ich traue ihren Erinnerungen nicht, weiß ich doch, wie zweifelhaft Wahrheit ist, die aus der Erinnerung kommt.

Ich stelle mir die Erinnerung an einen Menschen wie ein Porträt vor, zart und flüchtig mit Aquarellfarben auf ein Blatt Papier skizziert, und mit den Jahren vergilbt das Papier, und die Farben werden blasser. Jedesmal wenn man nach diesem Menschen gefragt wird, kramt man das Blatt hervor, und bei dem Versuch, dem Fragenden zu erklären, was man sieht, verstärkt man Konturen, tupft da und dort etwas Farbe auf, korrigiert Irrtümer und Mißverständnisse und malt vielleicht sogar, wenn man emotional besonders beteiligt ist, versehentlich über den Rand hinaus. Das passiert so schnell. Was war Anne Frank für ein Mensch? Fröhlich? Ein Tupfer Rot. Traurig? Ein blauer Schatten. Hat man schon damals gemerkt, daß sie etwas Besonderes war? Eine kräftige, schwarz hingetuschte Kontur. Mit jeder Frage und jeder Antwort verändert sich das Bild, und schließlich findet man die ursprünglich zarten Linien nicht mehr, erkennt kaum noch die verblaßten Farben, die Andeutungen, die Ahnungen, die Zweifel, kann nicht mehr unterscheiden, wo Wahrheit und Interpretation ineinander verschwimmen.

Ich habe über Anne Frank alles gelesen, was ich finden konnte, auch die Berichte der Menschen, die sie gekannt hatten oder ihrer Spur gefolgt waren, und ich habe mich lange mit ihren Tagebüchern befaßt. Bin ich ihr deshalb nähergekom-

men? Vielleicht. Ich möchte mich jedenfalls nicht zu sehr auf
Spekulationen verlassen. Ich will mich bei meinen Aussagen
über sie vor allem von dem leiten lassen, was sie selbst geschrieben hat. Zwar ist das junge Mädchen Anne tot, doch die
Schriftstellerin Anne Frank lebt weiter, solange das, was sie
geschrieben hat, Leser findet. Deshalb fange ich meine biographische Annäherung bei der Schriftstellerin an; da gibt es
die Tagebücher, die Erzählungen, da hat man alles schwarz auf
weiß, auch wenn sich hierbei natürlich nur ein Aspekt der
Person, nur eine Facette der Wahrheit zeigt.

Was hat dieses Mädchen zum Schreiben gebracht? Sie hat sich
ein Tagebuch gewünscht, doch das war kein ausgefallener
Wunsch für ein pubertierendes Mädchen, und vermutlich
schrieben die ›Backfische‹ früher noch viel häufiger Tagebuch
als die Teenies heute. Nichts Besonderes also, wenn ein
Mädchen über einen Tisch gebeugt sitzt und mit roten Ohren
ihre Geheimnisse einem Tagebuch anvertraut. Bei Anne
Frank kann man jedoch merken, daß es ihr um mehr ging
als um einen geschützten Platz für ihre Geheimnisse. Das
Schreiben an sich hat ihr einfach Spaß gemacht, war für
sie eine Möglichkeit, sich darzustellen, aus Wörtern ein
Bild von sich und der eigenen Position in der Welt zu ma-
len.

Ein frühes Beispiel dafür ist die Geschichte mit dem
Strafaufsatz, den ihr ein Lehrer wegen Schwätzens im Unterricht gegeben hatte. Am Sonntag, dem 21. Juni 1942, erzählt
sie davon, also kurz nachdem sie ihr Tagebuch eingeweiht hatte. *Ich sollte einen Aufsatz über das Thema »Eine Schwatzliese«
schreiben. Eine Schwatzliese, was kann man darüber schreiben? [...] Mit dem Füllerende im Mund fing ich an, darüber
nachzudenken. Einfach irgend etwas schreiben und die Worte
so weit wie möglich auseinanderziehen, das kann jeder, aber
einen schlagenden Beweis für die Notwendigkeit des Schwätzens zu finden, das war die Kunst. Ich dachte und dachte, und
dann hatte ich plötzlich eine Idee. Ich schrieb die drei aufgege-
benen Seiten und war zufrieden. Als Argument hatte ich
angeführt, daß Reden weiblich sei, daß ich ja mein Bestes täte,*

*mich zu bessern, aber ganz abgewöhnen könnte ich es mir wohl
nie, da meine Mutter genausoviel redete wie ich, wenn nicht
mehr, und daß an ererbten Eigenschaften nun mal wenig zu
machen sei.*

An dieser kleinen Begebenheit kann man sehen, daß Anne
Frank Spaß am Schreiben hatte, daß sie es als Herausforderung empfand. Sie hatte eine Neigung zu runden Geschichten
mit Anfang, Hauptteil, Schluß, und es liegt sicher nicht nur an
ihrer äußeren Situation, daß in ihren Tagebüchern weniger
*Herzensergüsse* zu finden sind, dafür aber verhältnismäßig
viele in sich abgeschlossene Szenen. Szenen, in denen sie ihre
Fähigkeit beweist, sich auf das Wichtige zu beschränken. (Der
in ihrer Situation so naheliegenden Gefahr, ausschweifend und
larmoyant zu werden, ist sie nie erlegen.)

Doch auch das reicht noch nicht, ihre wachsende Leidenschaft
fürs Schreiben zu erklären, eine Leidenschaft, die sich später
fast zur Besessenheit steigerte. Wäre es nur das Erzählen, das
Schreiben an sich, hätte sie sich viel stärker auf die »Geschichten und Erzählungen aus dem Hinterhaus« konzentriert. Denn
auch ab August 1943, als sie angefangen hatte, Geschichten zu
schreiben, und recht begeistert von ihren *Federkindern* war,
vernachlässigte sie ihr Tagebuch nicht. Wir können zwar nicht
wissen, wieviel sie damals wirklich geschrieben hat, da aus dem
Zeitraum zwischen dem 13. 12. 1942 und dem 7. 12. 1943 die
Version a, das heißt ihre ursprünglichen Tagebucheintragun-
gen, nicht erhalten ist, doch sie ließ den Geschichten und
Erzählungen zuliebe ihr Tagebuch nicht im Stich, im Gegenteil, die Einträge aus dem Jahr 1944 sind besonders lang.
Woher stammt diese Hingabe an eine doch sehr einsame Beschäftigung?

Der Grund dafür ist naheliegend: Für sie war es keine einsame
Beschäftigung. Anne hat ihr Tagebuch personifiziert, es zum
Du gemacht, zu einem Gegenüber, zu »Kitty«, der lange ersehnten richtigen Freundin. (Ein ausgesprochen literarischer
Akt! Zwar denken sich viele Kinder und Jugendliche Freunde
aus, projizieren ihre Wünsche und Sehnsüchte auf eine imagi-
nierte Person, doch es passiert nicht allzu oft, daß diese Person

zu einer literarischen Figur wird. Auch bei Anne Frank stimmt
das nicht ganz, denn ›Kitty‹ wird insofern keine Figur, als man
von ihr kaum etwas erfährt. Sie ermöglicht es vielmehr Anne
Frank, selbst zu einer literarischen Figur zu werden. Ein
Kunstgriff, der zeigt, daß sie ihre Begabung einschätzen konnte, auch wenn sie vielleicht intuitiv danach gegriffen hat, denn
sie schrieb immer dann am besten, wenn sie sich an die Realität
und deren Interpretation hielt. Ihre rein fiktiven Erzählungen
sind eher betulich und weitschweifig.)

Ihr Tagebucheintrag vom 20. Juni 1942, in dem sie über ihre
Sehnsucht nach einer Freundin und ihren Entschluß, das Tagebuch diese Freundin sein zu lassen, schreibt, stammt aus der
für eine Veröffentlichung geplanten Version b, das heißt, er
wurde in Wirklichkeit im Frühjahr 1944 geschrieben und ist als
Erläuterung für ein späteres Leserpublikum zu sehen. *Weil
niemand das, was ich Kitty erzähle, verstehen würde, wenn ich
so mit der Tür ins Haus falle, muß ich, wenn auch ungern, kurz
meine Lebensgeschichte wiedergeben.* (In einem privaten Tagebuch, das nicht zur Veröffentlichung bestimmt ist, muß man
nicht seine Lebensgeschichte erzählen, man kommentiert sie
höchstens.) In dieser Version b erklärt Anne Frank die Briefform ihrer Tagebucheinträge folgendermaßen: *Um nun die
Vorstellung der ersehnten Freundin in meiner Phantasie noch zu
steigern, will ich nicht einfach Tatsachen in mein Tagebuch
schreiben wie alle anderen, sondern ich will dieses Tagebuch
die Freundin selbst sein lassen, und diese Freundin heißt
Kitty.*

In Wirklichkeit handelte es sich um einen etwas längeren Pro-
zeß. In der Version a des Tagebuchs steht am 15. Juni 1942 zum
Thema Freundin wesentlich weniger, nämlich: *Jacqueline van
Maarsen zählt als meine beste Freundin, aber eine wirkliche
Freundin habe ich noch nie gehabt.* Die Entscheidung über die
Form ihres Tagebuchs traf Anne am 21. September 1942. Da
steht\*: *Ich habe so eine Lust, mit jemandem zu korrespondieren,*

---

\* Bei allen Zitaten aus der Version a, die der Kritischen Ausgabe entnommen sind, wurde Anne Franks
   zum Teil fehlerhafte Interpunktion beibehalten.

*und das werde ich in Zukunft mit meinem Tagebuch tun. Ich
schreibe also nun in Briefform, was tatsächlich auf dasselbe
hinausläuft.*

*Liebe Jettje, (sage ich mal)*
*meine liebe Freundin, ich werde dir in Zukunft und auch jetzt
noch viel zu erzählen haben. [...] Grüße [an] alle und Küsse
von*
*Anne Frank*[18]

Jettje, nicht Kitty! Trotzdem haben beide etwas miteinander zu
tun, sie stammen nämlich aus demselben Buch. Anne Frank
erwähnt zweimal die damals in den Niederlanden sehr bekannte Jugendbuchautorin Cissy van Marxveldt (1893–1948).
Am 21. September 1942 notiert sie: *Herr Kleiman bringt jede
zweite Woche ein paar Mädchenbücher für mich mit. Ich bin
begeistert von der Joop-ter-Heul-Serie. Cissy van Marxveldt gefällt mir im allgemeinen besonders gut. »Eine Sommertorheit«
habe ich schon viermal gelesen und muß noch immer über die
komischen Situationen lachen.* Und am 14. Oktober 1942:
*Cissy van Marxveldt schreibt wirklich toll. Bestimmt werde ich
ihre Bücher meinen Kindern auch zu lesen geben.*
In der Joop-ter-Heul-Serie werden in fünf Bänden einige junge
Mädchen, ein »Club«, vom Schulalter bis zur Ehe und Mut-
terschaft begleitet. Diese Bücher unterscheiden sich inhaltlich
kaum von den damals in Deutschland üblichen Mädchen-
büchern, pädagogisch orientierter Anpassungsliteratur, dazu
bestimmt, Mädchen auf ihre zukünftige Rolle als Ehefrau und
Mutter vorzubereiten. Stilistisch aber sind sie ganz anders
– lockerer, lustiger, man ist geneigt zu sagen ›moderner‹ – als
beispielsweise »Nesthäkchen« von Else Ury. Besonders der
erste Band ist, wenn auch nach heutigen Maßstäben trivial,
angenehm und leicht zu lesen. Es ist sicher nicht unberechtigt,
einen gewissen stilistischen Einfluß Cissy van Marxveldts auf
Anne Frank anzunehmen. Interessant sind auf jeden Fall die
Namen der Mädchen: Joop, Pop (Emilie), Phien (Philipiene),
Marjan, Lou, Connie, Jettje und – Kitty Francken. Sie gehören

zu dem Club, und sie sind Anne Franks erste Briefpartnerin-
nen.

Ihren ersten Brief an den Club schrieb Anne Frank am 28.
September 1942. Er ist literarisch nicht bedeutend, eher eine
Art Tagträumerei, eine sehr pubertäre Identifikation mit den
Figuren eines Buches. Dennoch möchte ich ihn hier, wenn
auch gekürzt, wiedergeben (er ist nur in der Kritischen Aus-
gabe, nicht in der Leseausgabe des Tagebuchs enthalten. Auch
Anne hat ihn nicht in die Version b übernommen).

*28. Sept. 1942*

*Im allgemeinen, an den ganzen Club,*
*Beste Kitty,*
*wenn ich nachts Angst habe, dann lege ich mich zu Papa ins*
*Bett, er findet das alles prima. Eine Nacht dauerte das Schießen*
*so lange, daß ich alle möglichen Decken zusammengekratzt*
*habe und mich auf den Boden vor seinem Bett gelegt habe, so*
*wie ein Hund. Tschüs, Kitty Francken und Freund François,*
*von Anne Frank.*

*Beste Pop,*
*wenn es gewittert oder wenn ich nicht schlafen kann, darf ich*
*genausogut zu Pim, er findet alles prima. Grüße [an] Kees ter*
*Heul, tschüs Pop oder Emilie ter Heul-Helmer, von Anne*
*Frank.*

*Beste Phien,*
*wenn ich nachts zum WC muß, warte ich, bis Papa auch muß.*
*Oft treffen wir uns dann nachts im Badezimmer. Grüße an*
*Bobbel Breed – Philipiene Breed-Greve, von Anne Frank.*

Im Verlauf des Briefes wandte sie sich auch an die anderen
Clubmitglieder. Der Brief ist vor allem deshalb interessant,
weil er deutlich zeigt, daß Anne Frank mit den Protagonistin-
nen so weitgehend lebte, daß sie sogar die dazugehörigen
Ehemänner oder Verehrer grüßen ließ. An einer anderen
Stelle schrieb sie an Emmy: *Wie geht es Janeau? Geht es gut mit*

*euch beiden oder streitet ihr noch jeden Tag miteinander, um es dann abends wieder wegzuküssen, das ist sicher das Schönste an der Sache.*[19] Und am 22. September 1942 an Kitty: *Liebe Kitty, gestern habe ich an Emmy und Jettje geschrieben, aber am schönsten finde ich es aber doch, an dich zu schreiben, das weißt du ja auch, gell, und ich hoffe, daß es gegenseitig ist.*[20] Sie blieb bei Kitty, und die Briefe an die anderen wurden immer seltener, der letzte stammt vom 13. November 1942 und ist an Jetty gerichtet. Anne Frank übernahm ihn unter dem Datum 12. November 1942 in ihre Version b, richtete ihn nun aber an Kitty. Natürlich kann niemand wissen, ob sich in den verlorengegangenen Eintragungen noch Briefe an andere Mitglieder des Clubs befunden haben. Jedenfalls traf Anne Frank irgendwann die Entscheidung, nur noch an Kitty zu schreiben, die zu ›der‹ Freundin geworden war. In der Version b tauchen die anderen Mädchen schon nicht mehr auf. Annes ganze Sehnsucht nach Freundschaft und Kommunikation konzentrierte sich auf Kitty.

Doch auch dieser originelle Umgang mit dem Bedürfnis nach Nähe und Vertrautheit würde noch nicht reichen, Anne Frank zu einer Schriftstellerin zu machen. Es fehlt noch der Wille (und natürlich die Fähigkeit) zur Selbstdarstellung, das Bedürfnis, Leben und Denken in eine Form zu bringen, sie so zu verdichten, daß sie auf ein Blatt Papier passen. Daß Anne Frank das trotz ihrer Jugend so perfekt beherrscht hat, lag sicher auch an ihrer Situation. Ihre Welt mußte so klein werden, daß sie im Hinterhaus Platz fand, in den paar Zimmern, dem Flur, dem Dachboden. Die nähere Umgebung, die ihr, wenigstens anfangs, noch etwas Abwechslung bot, beschränkte sich auf das Büro, und auf die große Welt konnte sie nur manchmal durch einen Spalt zwischen den Vorhängen einen Blick werfen. Die paar Menschen, die sie durch ein Fernglas beobachtete oder die auf der Straße vorbeigingen, mußten ihr nicht nur die ganze Stadt ersetzen, sondern auch Schule, Ausflüge und Reisen, einfach alles. Die Natur und ihre Schönheiten konnte sie nur an den Blättern und Kerzen der Kastanie vor dem Fenster erkennen, an vorbeiziehenden Wol-

ken, an einer Möwe. Sie schaffte es, aus einem Blatt einen
Wald zu machen, aus einer ziehenden Wolke die weite Welt.
Natur, die in ihrem Kopf entstand, Romantik, die von ab und
zu ein bißchen Mondschein lebte – diese Fähigkeit, aus einem
verhältnismäßig kleinen Anreiz ein großes Gefühl zu entwik-
keln und darzustellen, das ist es, was sie als Schriftstellerin
ausweist.

Genauso wichtig aber war ihr Wunsch, anderen, fremden
Menschen etwas mitzuteilen, der Entschluß, ihr eigenes Tagebuch abzuschreiben und für fremde Leser umzuändern, und
der Gestaltungswille, den sie dabei bewies. Auch diese zweite
Version der Tagebücher wurde, ebenso wie die erste, von
Anne Frank öfter durchgelesen und korrigiert. Sie verbesserte
Rechtschreibfehler, strich Wörter weg und ersetzte sie durch
andere, feilte an ihrem Text. Spätestens mit dieser zweiten
Version ihres Tagebuchs wurde Anne Frank tatsächlich von
einem Tagebuch schreibenden jungen Mädchen zur Schriftstellerin mit einer klaren Absicht, dem Willen zur Literatur. Das
Ausmaß ihres Formwillens kann man ermessen, wenn man
weiß, daß sich ihre Änderungen und Korrekturen auf eine
Gesamtzahl (Tagebücher und lose Blätter zusammen) von
über 2800 belaufen, darunter viele Rechtschreibkorrekturen,
jedoch auch eine ganze Reihe stilistische und inhaltliche Änderungen. Für ein Mädchen dieses Alters setzt das, außer
Gestaltungswillen, ein gehöriges Maß an produktiver Distanz
und Selbstkritik voraus.

Ob aus Anne auch eine Schriftstellerin geworden wäre, wenn
sie ihre Jugend unter ›normalen‹ Bedingungen, ohne Lebens-
gefahr, Untertauchen, Eingesperrtsein, hätte erleben können
– diese Frage ist müßig, weil letztlich unentscheidbar. Vielleicht ja (da sie Fähigkeiten hatte, die zur Entfaltung drängten;
dann hätte dieser Prozeß aber wahrscheinlich länger gedauert). Vielleicht nein (weil sie sich ins Leben und in
Vergnügungen gestürzt hätte statt ins Schreiben). Tatsache ist
jedoch, daß zur selben Zeit, als dem jungen Mädchen Anne
nur noch ein Lebensraum von ein paar Quadratmetern zur
Verfügung stand, die Schriftstellerin Anne zum Abenteuer

ihres Lebens vordrang, mit weißem Papier und einem Fül-
ler.

(Das ist, so pathetisch es klingt, ein Teil der Wahrheit ihrer
Person. Doch ich muß aufpassen, darf Anne Frank nicht zu
sehr herausheben aus der Masse ihrer Leidensgenossen und
-genossinnen, darf sie nicht zu sehr idealisieren. Sie war nicht
nur eine Schriftstellerin, sie war auch ein jüdisches Mädchen,
eine von vielen. Und mit den anderen, nie berühmt gewordenen Opfern verband sie die Realität ihrer Existenz und deren
Auslöschung. Ihr Leben und Sterben als eine von Millionen
ist wichtig und darf über dem Tagebuch nicht vergessen
werden.)

# 4

## Geschichte der Familie Frank

Das Leben der Anne Frank, das nicht einmal sechzehn Jahre dauern sollte, begann in Frankfurt am Main, am 12. Juni 1929. Aber dieses Leben, vor allem das Sterben, war bestimmt von der Herkunft: Anne wurde als Jüdin geboren.

Die Familie war eng mit der Stadt Frankfurt verbunden. Erste Vorfahren sind sogar schon Anfang des 16. Jahrhunderts im dortigen Ghetto nachzuweisen.[21] Otto Frank, geboren 1889, wuchs als Sohn einer großbürgerlichen Familie auf. *Vater wurde in Frankfurt geboren, als Sohn steinreicher Eltern. Michael Frank* [Otto Franks Vater, Anne Franks Großvater] *hatte eine Bank und war Millionär geworden, und Alice Stern, Vaters Mutter, war von sehr vornehmen und reichen Eltern. Michael Frank war in seiner Jugend nicht reich gewesen, hat sich aber ordentlich hochgearbeitet. Vater führte in seiner Jugend ein richtiges Reicher-Eltern-Sohn-Leben, jede Woche Partys, Bälle, Feste, schöne Mädchen, Tanzen, Diners, viele Zimmer und so weiter. All das Geld ging nach Opas Tod verloren, nach dem Weltkrieg und der Inflation war nichts mehr davon übrig.* (8. Mai 1944)

Nun, Millionär war Michael Frank nicht gewesen, aber wohlhabend – und liberal. Weitaus die meisten alteingesessenen deutschen Juden (ca. 80 %) waren, religiös gesehen, liberal, empfanden sich als Deutsche und setzten auf jüdische Integration auf allen Gebieten. (Das ist auch eine Erklärung dafür, daß die zionistische Bewegung in Deutschland ihre Anhänger vorwiegend unter den nach der Jahrhundertwende aus dem Osten zugewanderten orthodoxen Juden fand.)

Wie liberal gesinnt die Familie Frank war, geht daraus hervor, daß weder Otto Frank noch seine Geschwister die jüdische Schule besuchten und daß es für die Knaben der Familie auch

keine Bar-Mizwa-Feier* zum dreizehnten Geburtstag gab.
Otto Frank besuchte das Lessing-Gymnasium und lernte Latein und Griechisch, aber Hebräisch hat er nie gelernt. Er wuchs in jener Stadt Deutschlands auf, die den im Vergleich zur Bevölkerung höchsten Anteil jüdischer Bürger hatte, zuweilen 10%. (Der Landesdurchschnitt lag um 1900 bei knapp 1%.) In einer historischen Broschüre der Stadt Frankfurt über Anne Frank findet sich folgender Hinweis:»Um 1900 konnten weitaus mehr jüdische als ›christliche‹ Familien auf Frankfurter Vorfahren seit dem späten Mittelalter blicken. Das Bewußtsein der ›Verwurzelung‹ unterschied sich in nichts vom Lokalstolz aller ›echten‹ Frankfurter. Untrennbar verbunden mit bürgerlichem Lokalpatriotismus waren republikanische Mentalität, Weltoffenheit, Toleranz.«[22]
Otto Frank erzählte später, er habe als Kind keinen Antisemitismus erlebt. Das ist trotz der »Verwurzelung« der Juden schwer vorstellbar, denn auch in Frankfurt wird der längst nicht mehr nur religiös, sondern vor allem rassisch definierte Antisemitismus, der nach 1870 in Deutschland aufkam, zu spüren gewesen sein. Annes Vater wird mit »keinen Antisemitismus erlebt« vermutlich gemeint haben, daß ihm persönlich nie etwas passiert sei. Im Ersten Weltkrieg diente Otto Frank, wie andere Deutsche auch, als Soldat an der Westfront, er wurde ausgezeichnet und als Offizier der Reserve entlassen. Seine Mutter Alice arbeitete während des Krieges zeitweise als freiwillige Krankenschwester in einem Frankfurter Lazarett.
Die Aussage Anne Franks, daß das Geld nach dem Tod des Großvaters immer weniger wurde, stimmt; dies hing aber wohl eher mit den wirtschaftlichen Bedingungen nach dem Ersten Weltkrieg zusammen als mit dem Tod des Großvaters (1908). Natürlich hatte die Familie Kriegsanleihen gezeichnet und schon deshalb finanzielle Verluste einstecken müssen. Nun ging es der Bank als Folge des Krieges und aufgrund restriktiver Devisenbestimmungen immer schlechter. Otto Frank

---

* Bar Mizwa: hebr. »Gebotspflichtiger«, Knabe, der das 13. Lebensjahr vollendet hat und damit gebotspflichtig, d.h. religionsmündig geworden ist.

reiste im Herbst 1923 nach Amsterdam und gründete eine Filiale der Bank, die jedoch ein Jahr später schon wieder liquidiert werden mußte. (Schon damals lernte Otto Frank Johannes Kleiman kennen, der später eine wichtige Rolle als Helfer der Untergetauchten spielen sollte.)

1925 heiratete Otto Frank, 36 Jahre alt, die 25jährige Edith Holländer, Tochter eines alteingesessenen Unternehmers in Aachen, der Mitbesitzer einer Metallgroßhandlung war, die sich mit dem Abbau und der Wiederverarbeitung von Alteisen befaßte. Am 16. Februar 1926 kam Margot zur Welt. Die Familie zog im Jahr darauf um, aus dem feineren Frankfurter Westend in ein Neubaugebiet, in dem nur wenige Juden wohnten. In diesem Haus, Marbachweg 307, wohnten sie noch, als am 12. Juni 1929 die zweite Tochter geboren wurde, Annelies Marie, die Anne genannt wurde. Die Atmosphäre am Marbachweg wird als liberal und fortschrittlich beschrieben, die Kinder der evangelischen Familien spielten mit den wenigen katholischen, und Anne wuchs in diese Kinderschar hinein, zu der auch schon Margot gehörte. Bedingt durch die Auswirkungen der Weltwirtschaftskrise zogen die Franks 1931 in die Ganghoferstraße um. Das sogenannte ›Dichterviertel‹ ähnelte eher dem Westend, doch die neue Wohnung war kleiner und billiger, und die bürgerliche Umgebung bot möglicherweise auch mehr Schutz vor den immer augenfälliger und brutaler werdenden Aktivitäten der Nationalsozialisten. Schon zum März 1933 kündigten die Franks diese Wohnung »infolge der veränderten wirtschaftlichen Lage«[23], sie wollten wieder zur Großmutter ziehen.

Am 12. März 1933 fanden in Frankfurt Kommunalwahlen statt, die NSDAP erhielt 42 der 85 Mandate in der Stadtverordnetenversammlung, der jüdische Bürgermeister Ludwig Landmann hatte am Tag zuvor seinen Rücktritt erklärt. Vielleicht erhellt ein Aufruf des Vorstands der Israelitischen Gemeinde im »Frankfurter Israelitischen Gemeindeblatt« vom Vorabend des nationalsozialistischen Boykotts vom 1. April 1933* besser als alle Erklärungen die Befindlichkeit der Juden:

»An die Gemeindemitglieder
In dieser schweren Zeit ist es uns ein tiefes Bedürfnis, ein Wort
an unsere Gemeinde zu richten. Jeder darf überzeugt sein,
dass wir mit unserer ganzen Kraft bemüht sind, in Verbindung
mit den anderen Gemeinden Deutschlands für die staatsbürgerliche Gleichberechtigung der deutschen Juden einzutreten,
den in Not Geratenen beizustehen und den Fortbestand unserer Gemeinde zu sichern.
Nichts kann uns die tausendjährige Verbundenheit mit unserer
deutschen Heimat rauben, keine Not und Gefahr kann uns
dem von unseren Vätern ererbten Glauben abspenstig machen. In Besonnenheit und Würde wollen wir für unsere Sache
einstehen.
Wenn keine Stimme sich für uns erhebt, so mögen die Steine
dieser Stadt für uns zeugen, die ihren Aufschwung zu einem
guten Teil jüdischer Leistung verdankt, in der so viele Einrichtungen vom Gemeinsinn der Juden künden, in der aber auch
das Verhältnis zwischen jüdischen und nichtjüdischen Bürgern
stets besonders eng gewesen ist.
Verzagt nicht! Schliesst die Reihen! Kein ehrenhafter Jude
darf in dieser Zeit fahnenflüchtig werden. Helft uns, das Vä-
tererbe zu bewahren, und wenn die Not der Zeit den Einzelnen
hart anfasst, so gedenkt der Worte, die wir am bevorstehenden
Pessachfest, dem Fest der Befreiung, von altersher sprechen:
›Von Geschlecht zu Geschlecht sind sie gegen uns aufgestan-
den, uns zu vernichten. Aber der Heilige, gelobt sei Er, hat uns
aus ihrer Hand errettet.‹
Frankfurt a. M., 30. März 1933
                    Vorstand der Israelitischen Gemeinde«[24]


(Wenn man das heute liest, könnte man weinen, vor Wut und
vor Trauer. Für die staatsbürgerliche Gleichstellung wollten
sie eintreten, den Verfolgten helfen. Sie wollten der deutschen
Heimat und dem ererbten Glauben die Treue halten. Und

---

* Am 1. April 1933 führten die Nationalsozialisten überall im Reich einen organisierten Boykott ›jüdischer‹ Geschäfte, Anwaltsbüros und Arztpraxen durch (später als »Aprilboykott« bekannt
  geworden).

dann auch noch der Appell, kein ehrenhafter Jude dürfe in dieser Zeit »fahnenflüchtig« werden. Allein die Wahl dieses Wortes läßt Rückschlüsse auf ihr Bewußtsein zu! Wie deutsch dachten und fühlten diese Juden doch, wie deutsch! Und nur eine Woche später, am 7. April 1933, definierte ein neu erlassenes Gesetz zum erstenmal »jüdisch« als »nicht-deutsch«.[25])

Der Vorstand der Gemeinde sprach sich eindeutig gegen eine Emigration aus. Das zeigt ganz deutlich, daß damals noch niemand ahnte oder glaubte (obwohl Hitlers »Mein Kampf« schon 1925/26 erschienen war), was die Nationalsozialisten letztlich anstrebten: Deutschland »judenfrei« zu machen.

Die Franks dachten trotzdem über Emigration nach. Das unterschied sie von vielen anderen Juden, die erst einmal abwarteten und hofften, der »braune Spuk« würde vorübergehen. Aber Emigrieren, mit zwei kleinen Kindern, das war keine leichte Entscheidung, denn wovon sollten sie leben?

Nun war der Schwager Otto Franks, Erich Elias, bereits vier Jahre zuvor mit seiner Familie nach Basel ausgewandert und fungierte dort als Vertreter der Firma Opekta. Er vermittelte Otto Frank das Angebot, für die Opekta-Werke eine niederländische Auslandsvertretung in Amsterdam aufzubauen. Diese geschäftliche Möglichkeit wird wohl, zusammen mit der Tatsache, daß Otto Frank von der mißlungenen Bankgründung her Amsterdam schon kannte und dort Freunde hatte, zu der Entscheidung geführt haben, nach Amsterdam zu emigrieren.

Jedenfalls reiste Otto Frank im Sommer 1933 in die Niederlande, und im September fand bereits die vorläufige Eintragung der Niederländischen Opekta Aktiengesellschaft ins Amsterdamer Handelsregister statt. Der Geschäftszweck wurde als »Handel mit Pektin« angegeben.*

Die Mutter Edith Frank wartete mit den Töchtern Margot und Anne in Aachen. Sie selbst reiste ihrem Mann bald nach, dann

---

* Pektin ist ein auch heute noch verwendetes Geliermittel zur Marmeladenherstellung, die Firma Opekta existiert ebenfalls noch.

folgte Margot in die neue Wohnung am Merwedeplein 37. Die vierjährige Anne kam im Februar, wo sie *als Geburtstagsgeschenk für Margot auf den Tisch gesetzt* wurde. Die Mutter des Vaters, Alice, zog nach Basel, wo schon ihre Tochter und der Schwiegersohn lebten, die beiden Brüder Otto Franks emigrierten nach London und Paris. Damit war die Verbindung zwischen der Stadt Frankfurt und der Familie Frank, die bis ins 16. Jahrhundert zurückreichte, an ihr Ende gelangt. Allerdings nicht die Verbindung mit der deutschen Geschichte, mit der Geschichte des Dritten Reichs.

# 5

*An den Holländern liegt es nicht,*
*daß wir Juden es so schlecht haben*

# Die Niederlande und die Juden

Auch Amsterdam war, ebenso wie Frankfurt, eine alte, international bedeutende Handels- und Bankenstadt, in der außerdem die Diamantenindustrie eine große Rolle spielte. Auch in Amsterdam lebte ein relativ hoher Anteil Juden, etwa ein Zehntel der Gesamtbevölkerung, doch hatte es dort, im Unterschied zu Frankfurt und anderen deutschen Städten, nie ein jüdisches Ghetto gegeben.

Im heutigen niederländischen Staatsgebiet wurden Juden zum erstenmal 1295 in einem Hirtenbrief erwähnt.[26] Vermutlich lebten sie, wie ihre Glaubensbrüder in anderen christlichen Ländern, vor allem vom Handel und von Geldgeschäften, da Handwerk und Zünfte Juden nicht zuließen. Doch sehr viele waren es wohl nicht, selbst dann nicht, als im 16. Jahrhundert Juden vor der Inquisition aus Spanien und Portugal flohen und sich in den Niederlanden ansiedelten.

Erst als Amsterdam im 17. Jahrhundert zu einem Weltzentrum aufstieg, zogen immer mehr Juden in die Niederlande. 1616 berichtete ein Amsterdamer Rabbiner in einem Brief, daß die Einwohner der Stadt auf eine Ausbreitung der Bevölkerung bedacht seien. Sie würden unter anderem auch solche Gesetze und Vorschriften erlassen, die jedem Menschen Religionsfreiheit gewährten. Jeder möge nach seinem Glauben leben, aber er dürfe nicht öffentlich merken lassen, daß er einem anderen Glauben anhinge als die Bürger der Stadt. Viele Marranen* seien gekommen und hätten das Judentum (wieder) angenommen, auch andere Juden seien ihnen gefolgt und hätten sich

---

* Bezeichnung für die unter der Inquisition zwangsgetauften Juden Spaniens und Portugals, die heimlich am Judentum festhielten und Ende des 15. Jahrhunderts endgültig vertrieben wurden. Größere Zentren, »Portugiesengemeinden«, bildeten sich in Amsterdam, Hamburg und London.

eine kleine Synagoge gebaut, in der sie auf unauffällige Weise zusammenkämen.

Ganz so großzügig und tolerant wird es wohl nicht zugegangen sein, immerhin war Amsterdam eine reformierte* Stadt, in der die Ausübung der katholischen Religion verboten war, doch zu einer Vertreibung der Fremden, Andersgläubigen, ist es nicht gekommen. In einer Verordnung von 1616 werden lediglich drei strikte Verhaltensmaßregeln für Juden genannt: das Verbot, das Christentum in Wort oder Schrift zu schmähen; das Verbot, einen Christen zum Judentum zu bekehren; das Verbot sexuellen Umgangs mit christlichen Frauen (auch mit Huren).[27]

Das waren, denkt man an die vielen Pogrome in anderen Ländern, vergleichsweise milde Einschränkungen. Trotzdem konnte von Gleichberechtigung nicht die Rede sein, auch wenn die Juden gegen willkürliche Ausschreitungen geschützt waren. So durften Juden zum Beispiel nicht Mitglieder einer Gilde werden. (Eine Ausnahme bildeten die Buchdrucker in Amsterdam und, mit Einschränkungen, die Chirurgen, Apotheker und Makler.)

In der zweiten Hälfte des 17. Jahrhunderts nahm die Zahl der ärmeren aschkenasischen** Juden zu. Ihre ökonomische Situation war schwierig, und man betrachtete sie als Fremde, aber sie genossen einen gewissen Schutz durch die Obrigkeit, bis sie 1848 endgültig die staatsbürgerliche Gleichstellung bekamen. Anders als in Deutschland entwickelte sich in Amsterdam nach Gründung der Diamantenmanufakturen ein breites jüdisches Proletariat mit eigenen Gewerkschaften.

Die religiöse Toleranz war wohl auch einer der Gründe, warum bis in die zwanziger Jahre dieses Jahrhunderts hinein die Assimilation oder ›liberale‹ Anschauungen kaum eine Rolle

---

\* Die Reformierten waren Anhänger Calvins (1509–1564), eines französisch-schweizerischen Reformators, der Anhänger in weiten Teilen Westeuropas fand (Frankreich, Schottland, Niederlande).

\*\* aschkenasische Juden: hebr. Aschkenasim, im Alten Testament Mitglieder einer Völkergemeinschaft im Norden Palästinas. Der Begriff wurde übertragen auf die mittel- und osteuropäischen Juden (benannt nach dem seit dem Mittelalter unter Juden üblichen Namen für Deutschland, Aschkenas), deren Umgangssprache Jiddisch ist. Im Gegensatz zu den von der iberischen Halbinsel stammenden Juden, den Sephardim.

spielten, brachten sie den Juden doch keine nennenswerten
Vorteile. Pogrome waren den niederländischen Juden bis zur
deutschen Besatzung erspart geblieben. (Das alles bedeutet
natürlich nicht, daß die Niederländer grundsätzlich juden-
freundlich gewesen seien. Das wäre sicher übertrieben. Aber
es herrschte, im Unterschied zu Deutschland, eine Atmosphäre des ›leben und leben lassen.‹)

Das niederländische Fremdengesetz von 1849 bestimmte, daß
»alle Fremden, die in ausreichender Weise Unterstützung finden oder sich durch eigene Tätigkeiten erhalten können [...],
in den Niederlanden zugelassen [sind].«[28]

Ungefähr 30.000 Juden emigrierten zwischen 1933 und 1938
aus Deutschland und Österreich in die Niederlande. Prozen-
tual zur Gesamtbevölkerung und Landesgröße nahmen die
Niederlande unter allen Staaten die meisten Flüchtlinge aus
Nazi-Deutschland und Österreich auf. Aber auch in den Niederlanden waren, wie in allen europäischen Ländern, faschi-
stische Tendenzen festzustellen. 1931 wurde nach dem Vorbild
der NSDAP die Nationaal-Socialistische Beweging (NSB) unter dem Ingenieur Anton Mussert gegründet, doch entwickelte
sich daraus nie eine Massenpartei, auch später nicht, unter der
deutschen Besatzung.

Nachdem die Nationalsozialisten in Deutschland die Wahlen
gewonnen hatten, setzten die Niederlande weiterhin strikt auf
Neutralität, mit der sie im Ersten Weltkrieg gut gefahren waren, doch nach dem Anschluß Österreichs wurde die Haltung
der niederländischen Regierung den deutschen und österrei-
chischen Juden gegenüber immer härter. Angesichts der vielen
Einwanderungsanträge von ausländischen Juden hatte man
Angst vor Überfremdung, und natürlich wollte man auch den
mächtigen Nachbarn im Osten nicht provozieren. Die Flüchtlinge, die noch zugelassen wurden, waren nun praktisch
rechtlos und bekamen keine Arbeitserlaubnis. Eine 1938 von
Justizminister Goseling erlassene Verordnung bestimmte, daß
die Flüchtlinge aus Deutschland und Österreich als »uner-
wünschte Ausländer« zu betrachten seien. Nur wer beweisen
könne, daß ihm in Deutschland der Tod drohe, dürfe bleiben.

Die deutschen Konzentrationslager wurden nicht als Argument anerkannt. (Wie ähnlich doch die Ausländergesetze der ›zivilisierten‹ Länder einander sind, solange es nicht um nützliche und begehrte ›Gastarbeiter‹ geht.)

Nach der Kristallnacht* ließ Justizminister Goseling 8.000 Flüchtlinge zu (etwa 40.000 bis 50.000 hatten einen Antrag gestellt), bestand nun aber darauf, daß von den jüdischen Organisationen ein Flüchtlingslager errichtet (und bezahlt) wurde. So entstand das Lager Westerbork, das von den Deutschen später bei der Deportation der Juden, vor allem zu den Konzentrationslagern Auschwitz und Sobibor, benutzt wurde. (Eben jener Justizminister Goseling wurde nach dem Einmarsch der Deutschen als Geisel festgenommen und in das Konzentrationslager Buchenwald gebracht, wo er bald darauf ›umkam‹.)

Am 10. Mai 1940 überfielen deutsche Truppen die Niederlande, und der Traum von der Neutralität war vorbei. Die niederländische Armee konnte dem Angreifer nicht standhalten. Nachdem am 14. Mai das Zentrum Rotterdams bombardiert worden war, kapitulierten die Niederlande, und die königliche Familie flüchtete ins Exil nach London. Als »germanischer Bruderstaat« wurden die Niederlande nicht einer Militärverwaltung unterstellt, sondern erhielten nur eine deutsche Verwaltungsspitze unter dem Reichskommissar Seyß-Inquart. Binnen kurzem lief auch hier die Verfolgung der Juden an. Zuerst wurde das rituelle Schächten** verboten, dann mußten alle nichtholländischen Juden die Küstengebiete verlassen, bald darauf wurden die jüdischen Geschäfte erfaßt und dann alle Juden registriert.

Unter der niederländischen Bevölkerung entstanden schon in den ersten Wochen und Monaten Widerstandsgruppen, und

---

* Kristallnacht (Reichskristallnacht): vermutlich im Hinblick auf die zahllosen zertrümmerten Fensterscheiben geprägte Bezeichnung für den von Angehörigen der NSDAP und der SA durchgeführten Pogrom in der Nacht vom 9. auf den 10. November 1938, in dessen Verlauf 91 Juden ermordet und fast alle Synagogen sowie mehr als 7000 ›jüdische‹ Geschäfte im Gebiet des Deutschen Reichs zerstört oder schwer beschädigt wurden.

** Schächten: bezeichnet die den Vorschriften des jüdischen Religionsgesetzes gemäße Schlachtung rituell reiner, zum Verzehr erlaubter Tiere.

bald kam es im jüdischen Viertel von Amsterdam wiederholt
zu Zusammenstößen zwischen der paramilitärischen Wehrab-
teilung der NSB und der Bevölkerung. Als im Februar bei
Unruhen ein NSB-Angehöriger verletzt wurde und starb, ließ
der Höhere SS- und Polizeiführer Hans Rauter bei einer Raz-
zia vierhundert Juden zwischen 20 und 35 Jahren verhaften,
verschleppte sie nach Mauthausen und brachte sie dort um.
Daraufhin kam es am 25. Februar 1941 zu dem in Europa
einzigartigen Generalstreik der Arbeiter in Amsterdam, Hil-
versum und Zaandam. Damals entstand die berühmt gewordene Parole: »Die Scheißmoffen* sollen ihre Scheißpfoten von
unseren Scheißjuden lassen!«[29] (Was für ein Satz in seiner ganzen Ambivalenz!) Nach drei Tagen war der Streik niedergeschlagen, im März wurden die ersten Niederländer zur
Abschreckung öffentlich hingerichtet.
Im März 1941 begann die »Arisierung jüdischer Geschäfte und
Firmen«, auch »Entjudung der Wirtschaft« genannt, die ein
Jahr später mit der völligen Enteignung der Juden endete. Wie
in Deutschland wurden die Juden unter Sonderrecht gestellt
und aus dem öffentlichen Dienst entlassen. Dann folgte eine
Verordnung der anderen. Alle niederländischen Juden müssen
ihre Radioapparate abliefern. Jüdische Kinder müssen in
jüdische Schulen gehen. Juden dürfen keine öffentlichen Bi-
bliotheken mehr besuchen, sie dürfen nicht mehr in Parks, in
Schwimmbäder und so weiter. Überall erschienen nun Schil-
der »Für Juden verboten«. Juden dürfen nicht mehr umziehen,
nicht ohne Erlaubnis verreisen. Juden dürfen keine nichtjüdischen Hausangestellten haben. Sie dürfen nicht mehr mit
einem Auto fahren. Alle Juden über sechs Jahre müssen deutlich sichtbar den sogenannten Judenstern** auf ihrer Kleidung
tragen. Juden dürfen nicht mehr mit dem Zug fahren, auch
nicht mit Erlaubnis der Deutschen. Juden dürfen nicht mehr in
nichtjüdischen Geschäften kaufen, sie dürfen in der Öffent-

* Mof, pl. moffen: Schimpfwort der Niederländer für die Deutschen, vor allem im Zweiten Weltkrieg.
** Judenstern: ein gelber, schwarz umrandeter Davidstern, in dessen Mitte in Buchstaben, die der
  hebräischen Schrift – verhöhnend – nachempfunden waren, das Wort »Jude« stand.

lichkeit keinen Sport treiben. Juden dürfen zwischen acht Uhr abends und sechs Uhr morgens das Haus nicht verlassen.

Die Deutschen wiederholten in den Niederlanden und allen anderen besetzten Ländern, was sie vorher schon im eigenen Land begonnen hatten. Erst kam die Entfernung der Juden aus dem öffentlichen Dienst und ihre Registrierung, dann ihre Konzentration beziehungsweise Ghettoisierung, schließlich die physische Vernichtung.

Als in den Niederlanden die ersten Judengesetze erlassen wurden, müssen die aus Deutschland geflohenen Juden Bescheid gewußt haben, auch wenn die Einschränkungen nicht alle auf einmal kamen, sondern eine nach der anderen. Die wohldosierte Abfolge der Verbote gehörte zum System, sie untergrub den Widerstandswillen der Opfer und auch der nichtjüdischen Bevölkerung. (Man darf nicht mehr mit der Straßenbahn fahren? Na gut, damit kann man sich abfinden. Darf man nicht mehr im Park auf einer Bank sitzen? Schade, aber auszuhalten ist es doch. Man darf nicht mehr ins Schwimmbad? Na ja, wann ist es bei uns schon so heiß, daß man darunter leidet?) Man gewöhnte sich an die Einschränkungen, arrangierte sich irgendwie, schickte die Kinder in jüdische Schulen, als es befohlen wurde, hielt sich an die Ausgangssperre. Was hätte man schließlich dagegen tun sollen?

Auch die nichtjüdische Bevölkerung hatte unter der Besatzung zu leiden, und der Haß gegen die deutschen Besatzer wuchs. Trotzdem gab es nicht nur Widerstand unter den Niederländern, und die Grenze zwischen Gut und Böse, Freund und Feind ging oft mitten durch die Familien. Etwa 30.000 niederländische Männer meldeten sich zur Waffen-SS, als die Deutschen Freiwillige für den Krieg im Osten anwarben, 17.000 von ihnen wurden genommen. Erst im Lauf des Jahres 1942 formierte sich allmählich ein organisierter Widerstand.

Die Juden waren gezwungen worden, einen Judenrat zu gründen, der vor allem dazu dienen sollte, ab Januar 1942 den Transport der Juden in eines der Sammellager zu organisieren, von denen Westerbork das größte war. Der Judenrat wurde

aufgefordert, die festgelegten Transportquoten für Westerbork einzuhalten. Stimmte die Zahl nicht, wurden Razzien
durchgeführt.

Nach der Verpflichtung, den Stern zu tragen, versuchten viele
Juden, bei Niederländern unterzutauchen. Gut 25.000 sollen
es gewesen sein, von denen ungefähr 8.000 bis 9.000 dennoch
den Deutschen in die Hände fielen. (Die Zahlen schwanken,
nach anderen Angaben waren es 28.000 Untergetauchte, von
denen 18.000 überlebt haben sollen.) Egal, welche Zahl
stimmt, es ist erstaunlich, daß so viele Menschen bereit waren,
anderen zu helfen, denn die Deutschen hatten allen Niederländern, die Juden versteckten oder ihnen zur Flucht
verhalfen, mit der Deportation in ein Konzentrationslager ge-
droht. (Es war nicht immer reine Menschenfreundlichkeit, was
die Niederländer dazu veranlaßte, Juden zu helfen. Manchmal
spielte das Geld eine Rolle, das reiche Juden bezahlen konnten, manchmal war vielleicht der Haß gegen die deutschen
Besatzer das Hauptmotiv.)

Auch die verschiedenen Widerstandsgruppen befaßten sich
damit, Verstecke für Juden zu finden und Verbindungen zwischen Verfolgten und potentiellen Helfern herzustellen,
besonders als die »Zentralstelle für jüdische Auswanderung«
damit begann, Aufrufe zu verschicken. Diese ›Behörde‹ war
schon im Frühjahr 1941 von der Gestapo gegründet worden,
und ihre Hauptaufgabe bestand darin, Aufrufe zu verschicken,
angeblich zum Arbeitseinsatz im Osten, in Wirklichkeit zu
Deportationen nach Auschwitz und Sobibor. (Später kamen
derartige Aufrufe auch für Säuglinge und Greise.)

Als am 5. Juli 1942 ein solcher Aufruf für Margot kam, war für
die Franks der Zeitpunkt zum Untertauchen gekommen. Sie
gingen in das Versteck, das sie für diesen Fall schon vorbereitet
hatten.

*Denn ein Götterleben,*
*das war es*

# Die Zeit bis zum Untertauchen

Wie es Anne Frank in der Zeit zwischen der Ankunft in Amsterdam und dem Untertauchen ergangen ist, erfahren wir zum Teil aus den Erinnerungen, die sie in ihrem Tagebuch und im Geschichtenbuch aufgeschrieben hat. Außerdem aus den Erinnerungen von Miep Gies und aus dem Interview, das der niederländische Dokumentarfilmer Willy Lindwer 1987/88 mit Hannah Pick-Goslar, einer Freundin Annes, geführt hat, der Hanneli Goslar aus dem Tagebuch.[30]

Anne war im Februar 1933 nach Amsterdam gekommen, in die Wohnung am Merwedeplein Nr. 37. Im Süden Amsterdams wurde damals viel gebaut, und eine ganze Reihe der vor den Nazis geflohenen Juden siedelten sich in der folgenden Zeit dort an. Miep Gies erzählt, damals sei ein geflügeltes Wort in Amsterdam umgegangen: »In der Straßenbahnlinie 8 spricht der Schaffner auch Holländisch.«[31]

Die Kinder Anne und Margot gewöhnten sich gut ein, lernten auch schnell Niederländisch, sehr viel schneller als ihre Mutter. Anne fand eine Freundin in der nur wenige Monate älteren Hanneli Goslar, die mit ihren Eltern aus Berlin geflohen war und ebenfalls am Merwedeplein wohnte, im Haus Nr. 31. (Hanneli kommt unter dem Pseudonym Lies Goosens mehrere Male in der früheren Ausgabe »Das Tagebuch der Anne Frank« vor.) Die beiden Mädchen lernten sich gleich nach Hannelis Ankunft kennen und wurden gute Freundinnen. Auch ihre Eltern freundeten sich miteinander an, obwohl die Goslars, im Gegensatz zu den Franks, sehr religiös waren und die Gebote, die in der jüdischen Religion die gesamte Lebensführung bestimmen, einhielten.

Die beiden Mädchen kamen auch zusammen in den Montessori-Kindergarten, der sich nicht weit vom Merwedeplein

befand. Nach Beendigung des Kindergartens besuchten sie
gemeinsam die sechste öffentliche Montessori-Schule, die
heute Anne-Frank-Schule heißt, bevor sie im Herbst 1941 wegen der Judengesetze auf das neugegründete Jüdische Lyzeum
überwechseln mußten. Die Freundschaft zwischen Anne und
Hanneli war eng, auch wenn sie nicht ihre gesamte Freizeit
miteinander verbrachten, weil Hanneli, als Tochter einer
frommen Familie, am Schabbat (samstags) nicht in die Schule
gehen durfte und am schulfreien Mittwochnachmittag und
sonntags morgens Hebräisch lernte beziehungsweise Reli-
gionsunterricht bekam. Anne hingegen ging auch samstags zur
Schule und lernte nicht Hebräisch. Hanneli erzählt vom gemeinsamen Spielen und daß sie besonders gerne sonntags
zusammen mit Otto Frank in die Firma gingen und dort spielten, vor allem mit dem Telefon. In jedem Zimmer stand ein
Apparat, und sie riefen sich immer gegenseitig an. Sie spielten auch viel auf der Straße, zum Beispiel Hickeln, oder sie
kippten Wasser aus dem Fenster auf Leute, die unten vorbeigingen.
Eigentlich waren es drei Freundinnen, Anne, Hanne und Sanne, doch Sanne besuchte eine andere Schule und hatte auch
dort eine gute Freundin, wie Anne in ihrem Tagebuch schreibt.
Alles in allem seien sie ganz normale Mädchen gewesen, berichtet Hanneli Goslar, Mädchen, die sich manchmal stritten,
dann aber auch wieder versöhnten.
Anne sammelte Fotos von Filmschauspielern, die Hanneli wiederum nicht besonders interessierten. Doch beide sammelten
sie Fotos von den Kindern der niederländischen und englischen Königshäuser. (Das war vielleicht der Anfang von Annes späterer Leidenschaft für die Stammbäume der europäischen Königshäuser.) Im Oktober 1940 bekam Hanneli eine
kleine Schwester. Margot und Anne besuchten sie jeden Sonntag, weil sie zuschauen wollten, wie das Baby gefüttert und
gebadet wurde.
Hanneli erinnert sich auch noch, daß Anne immer an ihren
langen, dunklen Haaren herumspielte. Und an eine körperliche Auffälligkeit Annes: Sie konnte, wann immer sie wollte,

ihre Schultern ausrenken, und es machte ihr Spaß, wenn alle Kinder darüber lachten.

Sie war sehr hübsch, sagt Hanneli, stand in der Schule immer im Mittelpunkt und genoß es, wenn Jungen ihr nachschauten. »Sie wollte gerne interessant sein, das ist keine schlechte Eigenschaft. Ich erinnere mich, daß meine Mutter, die sie sehr gern hatte, immer sagte: ›Gott weiß alles, aber Anne weiß alles besser.‹«[32]

Die Freundschaft zwischen Hanneli Goslar und Anne bekam einen Riß, als Hanneli sich mit einem anderen Mädchen aus einer religiösen Familie anfreundete und am Schabbat nach der Synagoge mit ihr spielte. Lange später, am 27. September 1943, schrieb Anne, als sie von Hanneli geträumt hatte, in ihr Tagebuch: *Gestern vor dem Einschlafen stand mir plötzlich Hanneli vor den Augen. [...] Ausgerechnet Hanneli sah ich, niemand anderen, und ich verstand es. Ich habe sie falsch beurteilt, war noch zu sehr Kind, um ihre Schwierigkeiten zu begreifen. Sie hing an ihrer Freundin, und für sie sah es aus, als wollte ich sie ihr wegnehmen. Wie muß sich die Ärmste gefühlt haben!*

Wie sah Anne aus? Es gibt viele Fotos von ihr, ihr Vater hat gerne fotografiert, und einige Fotoalben der Familie wurden später, nach der Verhaftung der Untergetauchten, zusammen mit Annes Tagebüchern von Miep Gies gerettet. Ein zierliches, anziehendes Kind, so beschreibt sie Miep, und das zeigen auch die Fotos, doch sie scheint immer etwas im Schatten ihrer hübscheren Schwester gestanden zu haben. Miep erzählt von einer Einladung bei den Franks:

»Nachdem wir uns zu Tisch gesetzt hatten, wurden Margot und Anne hereingerufen. Anne kam angerannt. Sie war jetzt acht, immer noch ein wenig dünn und zart, aber die graugrünen Augen mit den grünen Sprenkeln sprühten vor Leben. Sie lagen sehr tief, so daß sie halb geschlossen und dunkel umschattet schienen. Die Nase hatte sie von ihrer Mutter, den Mund vom Vater, doch mit leichtem Überbiß und einer Kerbe am Kinn.

Es war unsere erste Begegnung mit Margot, einer bildhüb-

schen Zehnjährigen; sie hatte ebenfalls dunkles, glänzendes
Haar, das beide gleich lang trugen: bis knapp über das Ohr,
Seitenscheitel, Spange. Margot hatte dunkle Augen. Uns gegenüber verhielt sie sich schüchtern und still. Beide benahmen
sich äußerst brav und wohlerzogen. Wenn Margot lächelte,
wurde ihr Gesicht noch hübscher.«[33]
Und wie sah sich Anne selbst? Auf der zweiten, vermutlich erst
einmal leer gebliebenen Seite ihres Tagebuchs hat sie nachträglich, als die Familie schon untergetaucht war, folgendes
geschrieben (der Eintrag ist nicht in die Leseausgabe des Tagebuchs aufgenommen):

*Hier müssen die 7 oder 12 Schönheiten (nicht meine!) hinkom-*
*men, dann kann ich ausfüllen, was ich nicht, und was ich doch*
*besitze. 28. Sept. 1942. (selbstgemacht.)*
   1. *blaue Augen, schwarze Haare. (nein.)*
   2. *Grübchen in den Wangen (ja.)*
   3. *Grübchen im Kinn (ja.)*
   4. *Dreieck auf der Stirn (nein.)*
   5. *weiße Haut (ja.)*
   6. *gerade Zähne (nein.)*
   7. *kleiner Mund (nein.)*
   8. *gebogene Wimpern (nein.)*
   9. *gerade Nase (ja.) bis jetzt schon.*
  10. *hübsche Kleidung (manchmal.) viel zu wenig nach*
      *meinem Geschmack.*
  11. *schöne Nägel (manchmal.)*
  12. *intelligent (manchmal.)*[34]

Anne war sehr gesellig, berichtet Miep, sie liebte Poesiealben,
Geheimnisse und Schwätzen. Sie sei neugierig und gesprächig
gewesen und habe immerfort Fragen gestellt und von ihren
Freundinnen erzählt. Im allgemeinen war sie eine gute Schülerin, außer in Mathematik. Sie lernte leicht, entwickelte aber,
wie Miep sagt, »einen rastlosen Geselligkeitstrieb«[35]. Margot
hingegen war eine ausgezeichnete Schülerin, eine Musterschü-
lerin, die gern lernte und immer gute Noten bekam. Eine

Lehrerin, die beide Mädchen kannte, sagte später, sie hätte eher Margot ein interessantes Tagebuch zugetraut. (Tatsächlich hat auch Margot ein Tagebuch geführt, wie wir von Anne wissen, doch ihre Aufzeichnungen sind verlorengegangen.) Miep erwähnt, daß Anne leidenschaftlich gerne ins Kino ging. (Ihr Interesse an Filmen und Filmschauspielern blieb auch im Hinterhaus ungebrochen. Sie erzählt in ihrem Tagebuch von den Fotos, die sie in ihrem Zimmer aufhängte, von der Zeitschrift »Cinema & Theater«, die Herr Kugler ihr jeden Montag brachte, und davon, daß ihre Mutter gesagt habe, sie, Anne, brauche später nie ins Kino zu gehen, weil sie Inhalt, Besetzung und Kritiken bereits im Kopf habe.) Anne fand offenbar selbst großen Gefallen daran, vor einem Publikum in verschiedene Rollen zu schlüpfen. Miep Gies schreibt: »Anne hatte ein echtes schauspielerisches Talent entwickelt. Sie konnte alles und jeden nachahmen, und zwar sehr gut: das Miauen der Katze, die Stimme ihrer Freundin, den strengen Tonfall ihres Lehrers. Wir mußten über ihre kleinen Darbietungen lachen, weil sie mit ihrer Stimme sehr geschickt umzugehen wußte. Anne genoß es, ein aufmerksames Publikum zu haben und zu sehen, wie wir auf ihre Imitationen und Späße reagierten.«[36]
Als die Deutschen im Mai 1940 die Niederlande besetzten, war Anne knapp elf, als sie untertauchte, war sie gerade dreizehn Jahre alt. Schon in diesen zwei Jahren veränderte sich natürlich auch in ihrem Leben sehr viel. Die einschneidendste Änderung war wohl, daß sie ab September 1941 die Montessori-Schule verlassen und in das Jüdische Lyzeum gehen mußte. Noch einen Abschied mußte sie in diesen Jahren erleben, für sie persönlich wichtiger als alles andere, den von ihrer Großmutter aus Aachen, die seit 1938 bei ihnen lebte und im Januar 1942 starb. (Anne hat sie sehr liebgehabt. Sie schreibt mehrmals über sie in ihrem Tagebuch.)
Ansonsten verlief ihr Leben normal und unbeschwert, wie sie es selbst später, am 7. März 1944, im Rückblick beschreibt: *Wenn ich so über mein Leben von 1942 nachdenke, kommt es mir so unwirklich vor. Dieses Götterleben erlebte eine ganz*

*andere Anne Frank als die, die hier jetzt vernünftig geworden ist. Ein Götterleben, das war es. An jedem Finger fünf Verehrer, ungefähr zwanzig Freundinnen und Bekannte, der Liebling der meisten Lehrer, verwöhnt von Vater und Mutter, viele Süßigkeiten, genug Geld – was will man mehr?* [...] *Die Lehrer fanden meine schlauen Antworten, mein lachendes Gesicht und meinen kritischen Blick nett, amüsant und witzig. Mehr war ich auch nicht, nur kokett und amüsant. Ein paar Vorteile hatte ich, durch die ich ziemlich in der Gunst blieb, nämlich Fleiß, Ehrlichkeit und Großzügigkeit. Nie hätte ich mich geweigert, jemanden, egal wen, abschauen zu lassen, Süßigkeiten verteilte ich mit offenen Händen, und ich war nicht eingebildet.* [...] *Ich betrachte diese Anne Frank jetzt als ein nettes, witziges, aber oberflächliches Mädchen, das nichts mehr mit mir zu tun hat.*

Diese Selbsteinschätzung, so hart sie klingt, wird wohl der Wahrheit ziemlich nahe gekommen sein, auch wenn man sich kaum vorstellen kann, daß Kinder, vor allem jüdische Kinder, in jenen Jahren ein relativ sorgenfreies Leben führen konnten. Vermutlich haben die Eltern versucht, ihre beiden Töchter so unbeschwert wie möglich aufwachsen zu lassen. Sie sollten nicht merken, daß die Zeiten für die Erwachsenen schwer waren. Auffallend ist, wie selbstverständlich Anne in ihrem Tagebuch von den Judengesetzen berichtet, daß sie sie einfach nur aufzählt, ohne persönlichen Kommentar. Nichts von Wut oder Ärger oder Verzweiflung, noch nicht mal ein leichtes Bedauern darüber, daß sie nun auf manches verzichten mußte. Ihre einzige Bemerkung: *Jacque* [ihre Freundin Jacqueline Sanders] *sagte immer zu mir:* »*Ich traue mich nichts mehr zu machen, ich habe Angst, daß es nicht erlaubt ist.*« (20. Juni 1942)

Nur unter dem Datum des 24. Juni 1942 beklagt sie sich einmal darüber, daß sie bei arger Hitze in der Mittagspause zu Fuß zum Zahnarzt gehen mußte, weil Juden nicht mehr mit der Straßenbahn fahren dürfen. Im gleichen Eintrag erwähnt Anne auch, daß ihr Vater das Fahrrad ihrer Mutter zu befreundeten Christen zur Verwahrung gebracht habe. Doch beide Details stammen aus der Version b, die sie erst 1944 geschrieben hat. Also erst, als ihr nachträglich der Ernst der Situation klargeworden war.

In ihrer ursprünglichen Tagebuchfassung berichtet sie während der Zeit vom Tagebuchbeginn bis zum Untertauchen lediglich darüber, was sie zum Geburtstag bekommen hat, über verschiedene Freundinnen, erwähnt auch Hello, ihren »Verehrer«, und Peter Schiff, ihre Kinderliebe, den sie später heiraten wolle. Sie erzählte von ihrer Geburtstagsfeier, auf der ein Film, »Rin-tin-tin«, vorgeführt wurde, und von einem Pingpongclub, den sie zusammen mit anderen Mädchen gegründet hat. Außerdem beschreibt sie ausführlich und mit fast erbarmungsloser Genauigkeit ihre Mitschüler und Mitschülerinnen. Von ihrer eigenen Geschichte, der Geburt in Frankfurt, dem Aufenthalt in Aachen und ihrem Leben in Amsterdam, erzählt sie nur sehr knapp, ebenso vom Kindergarten, der Montessori-Schule und dem Tod der Großmutter. Sie klebt Fotos von ihrer Großmutter und Margot ins Tagebuch, beide Aufnahmen stammen vom Strand, dann noch einen Brief, den sie etwa drei Jahre zuvor von ihrem Vater bekommen hat. Außerdem erwähnt sie, daß sie mit Freundinnen eine Eisdiele besucht und daß Jacque bei ihr geschlafen hat. Und sie berichtet ausführlich von einem Gespräch mit Hello, dessen Großeltern fanden, daß Anne noch zu jung für ihn sei. Alles andere, alle Hinweise auf die bedrückende Lage unter den Judengesetzen, stammt aus der Version b; auch die Bemerkung, daß »Oase« und »Delphi« die *nächsten für Juden erlaubten Eisgeschäfte* seien.

Ganz offensichtlich hat Anne Frank weder gewußt noch geahnt, daß ihre Eltern schon ein Jahr lang das Untertauchen vorbereitet hatten. Auch das Gespräch mit ihrem Vater, in dem er sie auf das kommende Untertauchen vorbereitete, hat sie nachträglich eingefügt, vielleicht aus kompositorischen Gründen, um das bevorstehende Ereignis anzukünden und um die Spannung zu erhöhen. Daß die ganze Familie in ein Versteck umziehen würde, davon hat Anne erst erfahren, als der Aufruf für Margot kam, also einen Tag vorher.

*Die Tür wurde abgeschlossen und niemand durfte mehr in un-
sere Wohnung. Papa und Mama hatten schon längst Maßnahmen ergriffen, und Mutter versicherte mir, daß Margot nicht
gehen würde und daß wir am nächsten Tag alle weggehen würden. Ich fing natürlich sehr an zu weinen, und es war eine
entsetzliche Hektik bei uns in der Wohnung. Papa und Mama
hatten schon lange eine Menge Sachen aus der Wohnung gebracht, aber wenn es darauf ankommt, vermißt man noch so
viel.*[37]

Sie war zwar erschrocken, fing »natürlich« an zu weinen, den
Versteckplan jedoch akzeptierte sie widerspruchslos. Die Formulierung »aber wenn es darauf ankommt, vermißt man noch
so viel« kann nur von den Erwachsenen gekommen sein, Anne
selbst wird es sich nicht vorgestellt haben können.

Was sie nun alles in ihre Schultasche packte, erzählt sie nachträglich in der Version b: *Das erste, was ich hineintat, war dieses
gebundene Heft, danach Federn, Taschentücher, Schulbücher,
einen Kamm, alte Briefe. Ich dachte ans Untertauchen und
stopfte deshalb die unsinnigsten Sachen in die Tasche. Aber das
tut mir nicht leid, ich mache mir mehr aus Erinnerungen als aus
Kleidern.*

So sehr sie auch erschrocken war – sie schreibt nichts von
Angst, nur von dem Kummer, daß sie Moortje, ihre geliebte
Katze, zurücklassen mußte. Daß das Untertauchen für sie kein
wirklich schwerer Schock war und nicht sofort zum verstören-
den Trauma wurde, lag wohl vor allem an ihrer Abenteuerlust
und ihrem – sicherlich nicht nur altersbedingten – Vergnügen
an Aufregung und Abwechslung.

## 7

*Wir leben alle,*
*wissen aber nicht, warum und wofür*

# Das Hinterhaus

Was war das für ein Versteck, in das Anne nun mit dem mehr oder weniger bewußten Gedanken einzog, es möglicherweise für lange, für sehr lange nicht mehr verlassen zu dürfen? Wenigstens konnte sie mit ihrer Familie zusammenbleiben, ein großes Glück, denn in der Regel wurden Eltern und Kinder beim Untertauchen voneinander getrennt. Und das Versteck war kein Verschlag auf dem Dachboden oder unter der Erde, sondern immerhin ein richtiges Haus, ein für Anne halbwegs vertrauter Ort sogar. Das Versteck lag im selben Gebäudekomplex an der Prinsengracht 263, in dem sich seit Dezember 1940 die Firma ihres Vaters befand.
Es war ein schmales Gebäude aus rotem Backstein, ein Haus, wie es viele in der Gegend gab.
An der zur Gracht gelegenen Front befanden sich drei Türen. Eine führte über eine steile Treppe zum Dachboden, eine direkt in die Lagerräume, und die offizielle Haustür schließlich über ein paar Stufen zu einem Absatz, von dem zwei Türen ausgingen. Durch die eine Tür kam man in das große, helle Büro, in dem Miep, Bep und Herr Kleiman arbeiteten. Die zweite Tür führte in einen Gang mit einer Tür zu dem *kleinen, ziemlich muffigen, dunklen Direktorenzimmer. Dort saßen früher Herr Kugler und Herr van Daan, nun nur noch letzterer.* Am Ende des Gangs waren wieder ein paar Stufen, dann erreichte man das Büro von Otto Frank, von Anne als *Prunkstück* bezeichnet. *Vornehme, dunkle Möbel, Linoleum und Teppiche auf dem Boden, Radio, elegante Lampe, alles prima-prima.* Neben diesem Büro war eine große Küche. Vom unteren Flur führte eine einfache Holztreppe nach oben zu einem Vorplatz. Dort gab es zwei Türen: durch die linke gelangte man zum Vorderhaus mit den Lagerräumen und der

Treppe zum Dachboden, durch die rechte zum Hinterhaus.
Hier erst begann das eigentliche Versteck. (Einige Zeit später
wurde diese Tür durch einen drehbaren Aktenschrank ge-
tarnt.)

*Kein Mensch würde vermuten, daß hinter der einfachen,
graugestrichenen Tür so viele Zimmer versteckt sind. Vor der
Tür ist eine Schwelle, und dann ist man drinnen. Direkt gegenüber der Eingangstür ist eine steile Treppe, links ein kleiner Flur
und ein Raum, der Wohn- und Schlafzimmer der Familie Frank
werden soll. Daneben ist noch ein kleineres Zimmer, das Schlaf-
und Arbeitszimmer der beiden jungen Damen Frank. Rechts
von der Treppe ist eine Kammer ohne Fenster mit einem Wasch-
becken und einem abgeschlossenen Klo und einer Tür in
Margots und mein Zimmer. Wenn man die Treppe hinaufgeht
und oben die Tür öffnet, ist man erstaunt, daß es in einem alten
Grachtenhaus so einen hohen, hellen und geräumigen Raum
gibt. In diesem Raum stehen ein Herd (das haben wir der Tatsache zu verdanken, daß hier früher Kuglers Laboratorium
war) und ein Spülstein. Das ist also die Küche und gleichzeitig
auch das Schlafzimmer des Ehepaares van Daan, allgemeines
Wohnzimmer, Eßzimmer und Arbeitszimmer. Ein sehr kleines
Durchgangszimmerchen wird Peters Appartement werden.
Dann, genau wie vorn, ein Dachboden und ein Oberboden.
Schau an, so habe ich Dir unser ganzes schöne Hinterhaus
vorgestellt!* (9. Juli 1942)

Heute ist das Haus an der Prinsengracht 263 ein Museum. Im
Vorderhaus befinden sich die Büros der Anne-Frank-Stiftung
und Ausstellungsräume. Das »Hinterhaus« dagegen ist restau-
riert und noch weitgehend im selben Zustand wie zu der Zeit,
als Anne es bewohnte; es wird heute von einem ununterbro-
chenen Besucherstrom besichtigt.

Ich stelle mir vor, ich sitze auf der Couch in jenem Zimmer, das
Anne erst mit Margot, später mit dem Zahnarzt Fritz Pfeffer
teilte. Es ist ein kleines Zimmer, auch für eine Person wäre es
schon klein zu nennen. Durch das Fenster fällt Tageslicht...
Aber halt! Damals war das Fenster ja verhängt. Sie hatten
gleich am ersten Tag Vorhänge genäht, die, wie Anne schrieb,

diesen Namen eigentlich nicht verdienten, *nur Lappen, vollkommen unterschiedlich in Form, Qualität und Muster, die
Vater und ich sehr unfachmännisch schief aneinandergenäht
hatten.* (Ein kleiner enger Raum, dessen einziges Fenster Tag
und Nacht verhängt ist, wird noch kleiner und enger. Ich brauche nur daran zu denken, wie schnell ich morgens die
Vorhänge aufreiße.) An der Wand über der Bettcouch kleben
auch jetzt noch Bilder von Filmstars. Die Couch, auf der Anne
schlief, ist nicht sehr lang. Anfangs mag sie ja gereicht haben,
später wurde sie mit Hilfe von Stühlen verlängert. Eben jener
Stühle, gegen die Herr Pfeffer morgens stieß, wenn er Gym-
nastik machte. Sie schoben sich unter Annes schläfrigem Kopf
hin und her, wenn er nach seinen *Gelenkigkeitsübungen* im
Zimmer herumging und sich anzog. Da steht auch das Tisch-
chen, um das Anne Frank mit ihm kämpfen mußte. Ein
winziges Zimmer, viel zu klein als Wohn- und Schlafraum für
zwei in jeder Hinsicht so unterschiedliche Menschen wie Anne
Frank und Fritz Pfeffer.
Wie konnte das überhaupt gutgehen? Acht nach Alter, Herkunft und Charakter so verschiedene Menschen auf ungefähr
50 Quadratmetern zusammengesperrt, über zwei Jahre lang!
Wie haben sie den lebensnotwendigen Alltag zu entwickeln
vermocht, die Normalität, die man gerade in Extremsituatio-
nen so dringend braucht?
Wahrscheinlich sind Menschen immer und überall in der Lage,
Alltag herzustellen. Alltag ist das Selbstverständliche, die
Routinehandlungen, die nicht mehr hinterfragt werden müssen, für die keine besonderen psychischen Prozesse mehr nötig
sind. Je größer die Anspannung oder Bedrohung, in der Menschen stehen, um so wichtiger ist es für sie, im Alltäglichen
Rückhalt und Entlastung zu finden.
Bei den Untergetauchten ging der Prozeß der Normalisierung
erstaunlich schnell, obwohl die Umstellung, die ihnen abver-
langt wurde, sehr einschneidend war – man bedenke nur den
jähen Wechsel von der großen Wohnung und dem Sichfreibe-
wegenkönnen auf die Enge und das Eingesperrtsein. Aber da
sie vergleichsweise wenig neue Eindrücke zu bewältigen hat-

ten (sie kannten das Gebäude, sie kannten die Helfer), gelang es ihnen relativ rasch, Normalität zu entwickeln. Am schwierigsten zu normalisieren war wohl der Faktor Zeit, denn der gewohnte ›Zeitvertreib‹ war nicht mehr möglich. Die Untergetauchten mußten neue Tagesabläufe, andere Beschäftigungen und andere Interessen finden. Das war schwer und gelang nicht immer und nicht jedem gleichermaßen. Anne Frank schreibt schon am 12. September 1943 in ihr Tagebuch: *Unsere Gedanken haben genauso wenig Abwechslung wie wir selbst. Wie bei einem Karussell dreht sich alles von den Juden zum Essen, vom Essen zur Politik.* Doch man gewöhnt sich an alles. Kampf gegen die Langeweile und Streit werden bestimmend für das Zusammenleben.

Um nun die einzelnen Bewohner des Hinterhauses und ihre wechselseitigen Beziehungen zu beschreiben, stehen mir nur zwei Dokumente zur Verfügung: Annes Tagebuch und »Meine Zeit mit Anne Frank« von Miep Gies. Beides sehr persönliche – und daher zwangsläufig parteiische und vor allem nicht lükkenlose – Darstellungen. (Ich wage den Versuch trotzdem.)

8

*Ich werde immer unabhängiger*
*von meinen Eltern*

# Herr und Frau Frank

Die zentrale Gestalt bei der Organisation des Lebens von acht Personen auf kleinstem Raum und unter äußerst schwierigen Bedingungen war sicher Otto Frank.

Miep Gies beschreibt ihn als einen großen, schlanken, äußerst kultivierten, aber auch ziemlich nervösen Mann. In der Untertauchzeit, einer Zeit höchster Belastung, entwickelte er jedoch ungeheure seelische und geistige Kräfte. Er war es, der die Zügel in der Hand hielt, der ausglich, beschwichtigte, sich um Verständnis für jeden einzelnen bemühte. Er wurde zum ruhenden Pol, strahlte »ein Gefühl von innerer Festigkeit und Sicherheit«[38] aus. Er traf alle Entscheidungen, die die Gruppe als Ganzes betrafen; dabei zeigte sich nicht nur seine Kompetenz in vielen Dingen, sondern auch seine stark ausgeprägte Fähigkeit, sich selbst zurückzunehmen. Vermutlich war es das, was Anne am 28. September 1942 mit *Pims weitgehender Bescheidenheit* meinte.

(Diese Art Sicherheit und Selbstbeherrschung, fast Selbstverleugnung, habe ich öfter bei Menschen seines Alters und aus seiner Gesellschaftsschicht getroffen. Hinter dieser Bereitschaft, die eigene Person um der Aufgabe willen zurückzustellen, steht die Verantwortungsethik des 19. Jahrhunderts, etwas, was man auch als ›protestantische Ethik‹ bezeichnet. Möglicherweise sind diese Fähigkeiten nichts anderes als die Lichtseiten eben jener Erziehung zu Disziplin und Pflichterfüllung, deren negative Seiten Untertanentum und blinder Gehorsam sind.)

Otto Frank hat ganz selbstverständlich die Verantwortung übernommen, weil sonst keiner da war, der sie hätte übernehmen können. Danach gedrängt hat er sich wohl nicht.

Wie vorausschauend er war, hatte er bereits mehrfach bewie-

sen. Er war gleich 1933 geflohen, er hatte seine Firma selbst
›arisiert‹, er hatte, zusammen mit Kleiman, das Versteck vorbereitet, Möbel und Wäsche hingebracht und Vorräte angelegt. Bestimmt war er sich auch früher als die anderen darüber
im klaren, welche Schwierigkeiten beim Zusammenleben auftauchen konnten. Das wichtigste Problem: Man mußte eine für
alle akzeptable Form von Alltag finden, von Normalität, um
wenigstens ein einigermaßen stabiles Beziehungsgeflecht zu
ermöglichen, damit nicht bei der kleinsten Spannung das
Chaos ausbrach. Und dazu mußte unbedingt die Zeit struktu-
riert werden, mußten die einzelnen Hinterhausbewohner in
feste Abläufe eingebunden werden.

Das war keine einfache Aufgabe, vor allem soweit es Anne,
Margot und Peter betraf. Drei Jugendliche, die ohne Abwechslung und ohne nennenswerte körperliche Bewegung und
vor allem ohne tägliche Pflichten wie Schule und Hausaufga-
ben Wochen und Monate verbringen mußten, ohne daß ein
Ende abzusehen war. (Ich habe versucht, mir nur mal sechs
Wochen Sommerferien mit meinen drei halbwüchsigen Töchtern in einer kleinen Wohnung vorzustellen, ohne die
Möglichkeit, etwas zu unternehmen, und es ist mir nicht gelungen. Mehr als acht Stunden durchschnittlich kann man
nicht schlafen, es bleiben also, selbst wenn man drei Stunden
für Körperpflege und Essen abzieht, noch dreizehn Stunden,
Tag für Tag dreizehn Stunden…)

Otto Frank hat diese Schwierigkeiten vorausgesehen. Am 11.
Juli 1942 notiert Anne, sie glaube nicht, daß sie sich vorläufig
langweilen würden. Sie hätten genug zu lesen und wollten noch
einen Haufen Spiele kaufen. Doch Spiele gespielt haben sie
später wohl nur gelegentlich. Otto Frank sorgte schon nach
kurzer Zeit dafür, daß alle – neben den Pflichten, die sie im
Haushalt übernehmen mußten – intensiv lernten. Das wird
sicher seinen eigenen Neigungen entsprochen haben, doch
kam es dem Lerneifer seiner Töchter durchaus entgegen. Er
hielt sie dazu an, auch die Fächer zu lernen, die sie nicht
mochten (Anne etwa haßte Mathematik), und bestellte für alle
drei, Margot, Anne und Peter, einen Fernkurs in Stenogra-

*Edith Frank mit ihren Töchtern Anne (links) und Margot an der Hauptwache in Frankfurt/Main, 1933.*

*Otto Frank, Annes Vater, Mai 1936.*

*Edith Frank-Holländer, Annes Mutter, Mai 1935.*

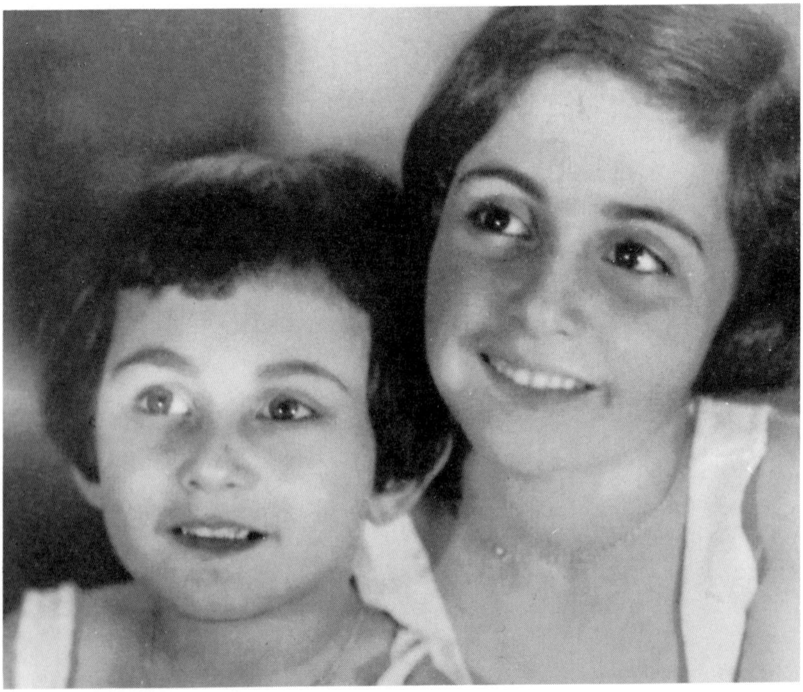

*Anne Frank (links) und ihre Schwester Margot, 1933.*

*Margot (links) und Anne Frank, 1940.*

*Anne Frank auf dem Dach des Hauses in Merwedeplein, 1940.*

*Eine Seite aus dem Tagebuch: »Dies ist ein Foto, wie ich mir wünschen würde, immer so zu sein. Dann hätte ich vielleicht noch Chancen, nach Hollywood zu kommen. Aber gegenwärtig sehe ich leider meist anders aus.*
*Anne Frank, 10. Oktober 1942, Montag.«*

*Peter van Pels*

*Fritz Pfeffer*

*Johannes Kleimann und Victor Kugler*

*Miep Gies (links) und Bep Voskuijl*

*Anne Frank um 1941.*

*Das Zimmer von Anne Frank und Fritz Pfeffer.*

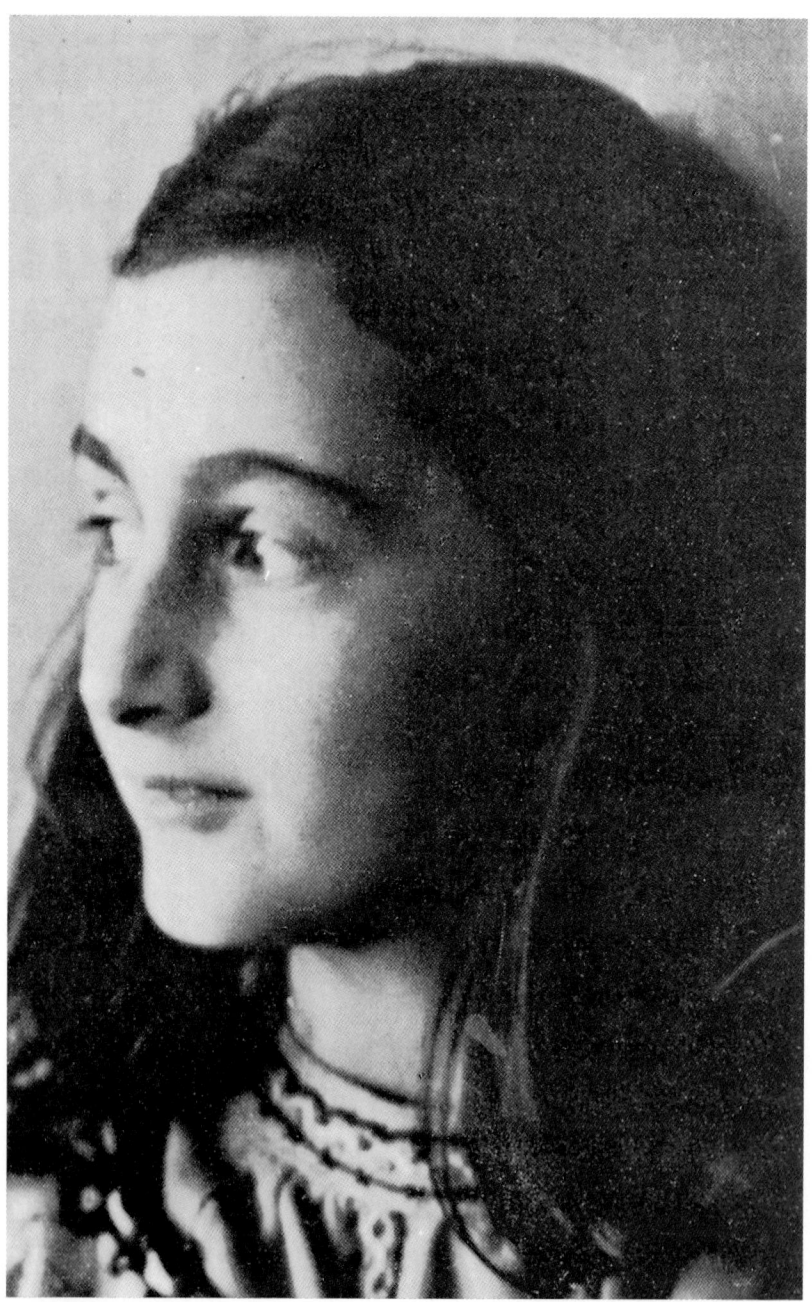

*Anne Frank, 1941.*

phie, später für Margot und sich selbst einen Lateinkurs.
Außerdem ließ er Anne (und bestimmt auch Margot) deutsche
Klassiker lesen, auch wenn es ihr schwerfiel, Bücher in
Deutsch zu lesen. Das tägliche Lernen hat er vermutlich damit
begründet, daß sie später keine Klasse wiederholen sollten,
doch der wirkliche Grund wird gewesen sein, Margot, Anne
und Peter in einen festen Zeitplan einzubinden. Anne hat das
wohl begriffen, sie nennt ihre Lernfächer einmal ausdrücklich
*Tagtotschlagfächer.*
Und was tat Otto Frank selbst, um sich zu beschäftigen? Er
kümmerte sich selbstverständlich auch weiterhin um die Firma. Kugler und Kleiman diskutierten alle anfallenden
Probleme mit ihm, und es ist anzunehmen, daß er die Entscheidungen traf. Ansonsten las er viel, vor allem *ernsthafte
und trockene Beschreibungen von Personen und Ländern*, wie
Anne Frank am 16. Mai 1944 unter der Überschrift *Wofür sich
die Bewohner des Hinterhauses interessieren* schrieb. Und er las
Dickens, immer wieder Dickens. Insgesamt viermal erwähnt
Anne diese Tatsache in ihrem Tagebuch. Zum Beispiel: *Pim
setzte sich mit seinem ewigen Dickens in eine ruhige Ecke.*
Oder: *Vater sitzt (natürlich mit Dickens und Wörterbuch) auf
dem Rand seines ausgeleierten Quietschbettes.*
Warum ich diesen Punkt so besonders hervorhebe? Er bringt
mir Otto Frank näher, nimmt ihm etwas von dem Unpersön-
lichen, das er sonst für mich hat. Ich denke, er ist vor der sicher
oft kaum erträglichen Verantwortung zu Dickens geflohen.
(Warum gerade Dickens? Gefiel ihm an dessen Büchern vor
allem die vitale Komik, die Mischung aus Realistischem und
Märchenhaftem? Oder faszinierte ihn Dickens' Eintreten für
Ausgestoßene und Eingesperrte, für Kinder, die im Elend leben? Wie auch immer – es muß etwas mit Otto Frank selbst zu
tun gehabt haben, daß Dickens seine bevorzugte Lektüre
war.)
Fast alle Aussagen über ihn, die sich im Tagebuch finden,
zeigen eine Selbstbeherrschung und eine Zurücknahme der
eigenen Person, die ich mir kaum vorstellen kann. Anne erwähnt, wenn es um ihren Vater geht, nur selten etwas ganz

Persönliches, zum Beispiel daß er »wieder« Rheumaschmer-
zen hatte oder daß er deprimiert gewesen sei. Einmal sagt sie
auch, er sei wütend gewesen, doch von einem Wutausbruch ist
nicht die Rede, es wird sich wohl um ›unterdrückte Wut‹ gehandelt haben. Manchmal allerdings zeigte sich die Anstren-
gung, die für so viel Selbstbeherrschung nötig war, auch nach
außen: *Vater geht jetzt mit zusammengepreßten Lippen herum.*
(17. Oktober 1943)
Überhaupt scheinen die Umgangsformen in der Familie Frank
immer schon sehr diszipliniert gewesen zu sein, denn als Anne
zum erstenmal hörte, wie Herr und Frau van Pels lautstark
stritten, schrieb sie, daß ihr Vater und ihre Mutter nicht daran
denken würden, sich so anzuschreien.
Anne war ›Vaters Tochter‹, eindeutig. Sie empfand sich selbst
so, obwohl in ihren Eintragungen auch immer wieder ihre Eifersucht gegenüber Margot durchschimmert. Sie bemühte sich
äußerst intensiv um ihn, um seine Aufmerksamkeit und seine
Zuneigung, und löste sich nur schwer und relativ spät von ihm.
Erst durch ihre Beziehung zu Peter und die Reaktion Otto
Franks darauf erkannte sie, daß in Selbstbeherrschung und
Distanziertheit auch eine Art Zurückweisung liegt, zumindest
die Zurückweisung von Nähe. Sie erkannte, daß zu wirklicher
Nähe die Offenheit von einer Seite nicht ausreicht. (Wenn
einer von zwei Partnern nichts über sich selbst sagt, bringt er
irgendwann auch den anderen, den Redewilligen, zum Schweigen. Distanziertheit erstickt liebevolle Gefühle, die naturge-
mäß auf Nähe zielen.) Doch meistens bewunderte Anne,
ebenso wie Miep, Otto Franks Geduld und seine Selbstdiszi-
plin, die wirklich auffallend gewesen sein müssen, selbst wenn
man in Betracht zieht, daß beide Wahrnehmungen von Frauen
stammen und es sich um Eigenschaften handelt, die – damals –
von einem Mann gefordert waren. (Ich denke, Männer wurden
früher von den meisten Frauen – egal ob Ehefrauen, Töchter
oder andere – sehr oft verklärend wahrgenommen. Das entsprach den Rollen, die für beide Geschlechter vorgesehen
waren.)
Jahre später, nach seiner Rückkehr aus Auschwitz, als er be-

reits wieder in der Firma arbeitete, machte Annes Vater auf Miep Gies einen ganz anderen Eindruck:»Nach und nach hatte sich Otto Frank wieder in den etwas nervösen, leise sprechenden Mann zurückverwandelt, der er vor dem Untertauchen gewesen war. Von der Ruhe und Autorität, die er im Versteck ausgestrahlt hatte, war nichts geblieben.«[39]

Anne Frank stand ihrer Mutter wesentlich kritischer gegenüber als ihrem Vater.

Den Fotos nach und auch Mieps Beschreibung zufolge war Edith Frank eine dunkelhaarige Frau mit Mittelscheitel und einem lockeren Nackenknoten. Sie hatte dunkle Augen, ein breites Gesicht und eine breite Stirn und wirkte, wegen ihres Übergewichts,»massig und matronenhaft«[40]. Miep Gies, die sich in ihrem Buch sehr um Objektivität und Gerechtigkeit bemüht hat, berichtet an verschiedenen Stellen über den Eindruck, den Edith Frank auf sie machte. Frau Frank sei schon bald nach ihrer Ankunft in Amsterdam mit Anne in die Firma gekommen und habe dabei gleich jene»freundliche Zurückhaltung, die in kultivierten, gutsituierten Kreisen üblich ist«[41] an den Tag gelegt. Später wurde Miep mit ihrem damaligen Verlobten, Jan Gies, öfter zu den Franks zum Essen eingeladen. Frau Frank verhielt sich dann damenhaft reserviert, jedoch erzählte sie auch gern von ihrer Kindheit in Aachen, ihrer Hochzeit mit Otto Frank und der – von ihr vermutlich glücklich erlebten – Zeit in Frankfurt.

Das Untertauchen muß für eine Frau wie Edith Frank besonders schwer gewesen sein. Gewöhnt daran, eine genau umrissene Rolle zu übernehmen, was wohl vor allem hieß, zu repräsentieren, muß sie sich gefühlt haben, als sei ihr der Boden unter den Füßen weggezogen worden. Immer war sie in ein festes Familienleben eingebunden gewesen (ihre Mutter hatte bis zu ihrem Tod im Januar 1942 bei ihr gelebt), und als mit der Besatzung Familienbesuche ins Ausland und aus dem Ausland nicht mehr möglich waren, wurde der Kontakt der Familienmitglieder untereinander wenigstens brieflich aufrechterhalten. Und natürlich gab es einen ausgedehnten

Freundes- und Bekanntenkreis, der zum großen Teil aus deutschen Emigranten bestand. Edith Frank lud zum Essen ein, zum Kaffee, war ›Dame des Hauses‹. Außerdem engagierte sie sich aktiv in der liberal-jüdischen Gemeinde von Amsterdam. Zu einem solchen Leben war sie erzogen worden, das entsprach ihrem Rollenbewußtsein als Frau, und aus der Erfüllung dieser ›Pflichten‹ zog sie ihr Selbstwertgefühl.

Dazu kamen im privaten Bereich natürlich der Haushalt und die Erziehung der Kinder. Aber auch auf diesen beiden Gebieten mußte sie im Hinterhaus zurückstecken. Frau van Pels stahl ihr gewissermaßen ihre Rolle als Hausfrau. Woran das lag, wird nicht ganz deutlich, aber es muß schon sehr früh passiert sein. Anne Frank beschreibt die Situation am 9. August 1943 so: *Niemand kommt bei ihr* [Annes Mutter], *wie bei Frau van Daan, auf den Gedanken: das ist die Hausfrau. Worin der Unterschied liegt? Nun, Frau van Daan kocht, und Mutter spült und putzt.*

Frau van Pels war die *Küchenfee*, Edith Frank verrichtete niedere Hilfsdienste. War Frau van Pels einfach die bessere Hausfrau, der sie den Platz kampflos überließ? Vermutlich, denn Anne erzählt lediglich von Reibereien und Querelen, nichts von wirklichen Kämpfen. Doch es ist ganz offensichtlich, daß sich das anfänglich freundschaftliche Verhältnis zwischen den Frauen, von dem Miep Gies berichtet, bald änderte. (Natürlich wurde die Rivalität zwischen den beiden Frauen nicht offen ausgetragen. Frau Frank hätte das nicht getan, schon weil ›man‹ so etwas nicht tat. Eher wird alles unterschwellig abgelaufen sein, was die Sache natürlich nicht besser machte.)

Selbst in der Kindererziehung, die für die auf diesem Gebiet progressive Edith Frank ein wichtiges Thema gewesen sein muß, blieb sie nicht unangefochten. Während der gut zwei Jahre im Hinterhaus kam es immer wieder zu Auseinandersetzungen mit den van Pels, vor allem mit Frau van Pels, die Edith Frank wegen ihrer ›modernen Erziehung‹ angriff und verspottete.

Natürlich haben auch die Schwierigkeiten mit Anne Edith

Franks Leben im Hinterhaus erschwert. Anne selbst reflektiert immer wieder ihre Beziehung zu ihrer Mutter, für die sie zunächst eher ablehnende Gefühle empfand. Ihre Mutter so richtig zu lieben, *mit der anhänglichen Liebe eines Kindes,* das konnte sie zwar nicht, doch sie brachte – wenigstens ab und zu – ein wenig Verständnis für sie auf. Einmal fragt sie sich zum Beispiel, ob eigentlich je jemand seine Kinder voll und ganz zufriedenstellen könne. Und am 2. Januar 1944 schreibt sie: *Sie* [die Mutter] *verstand mich nicht, das ist wahr, aber ich verstand sie auch nicht. Da sie mich liebte, war sie zärtlich. Aber sie ist durch mich auch in viele unangenehme Situationen gebracht worden und wurde dadurch und durch viele andere traurige Umstände nervös und gereizt. Es ist gut zu verstehen, daß sie mich anschnauzte.* [...] *Diese zu heftigen Sätze sind lauter Äußerungen von Wut, die ich im normalen Leben mit ein paarmal Aufstampfen in meinem Zimmer, hinter verschlossener Tür, oder mit Schimpfen hinter Mutters Rücken ausgelebt hätte.*
Vier Tage später erklärt sie, was sie am Verhalten ihrer Mutter falsch findet. *Plötzlich ist mir klargeworden, was ihr fehlt. Mutter hat uns selbst gesagt, daß sie uns mehr als Freundinnen denn als Töchter betrachtet. Das ist natürlich ganz schön, aber trotzdem kann eine Freundin nicht die Mutter ersetzen. Ich habe das Bedürfnis, mir meine Mutter als Vorbild zu nehmen und sie zu achten.*
Edith Frank, ohnehin hart angeschlagen und verunsichert, muß auch Annes deutliche Ablehnung als Mißerfolg ihrer pädagogischen Bemühungen gewertet haben. (Sie lebte nicht lange genug, um zu erfahren, daß ihre Tochter nach der Abnabelung vielleicht zu einer neuen Beziehung zu ihr fähig gewesen wäre.)
Edith Frank blieb jedenfalls im Hinterhaus nicht viel von dem, was aller Wahrscheinlichkeit nach vorher ihren Lebensentwurf ausgemacht hatte. Vielleicht gerade noch die Rolle als Ehefrau. Doch auch darüber berichtet Anne kaum etwas, weder Positives noch Negatives, sie drückt eher ihre Zweifel an der Verbindung ihrer Eltern aus.

Was noch erschwerend hinzu kam: Es ist kaum anzunehmen, daß Edith Frank gelernt hatte, etwas für sich selbst zu tun. Lesen und Lernen, die beiden Beschäftigungen, die für ihre Familie in der Zeit des Untertauchens (über)lebenswichtig wurden, können für sie kaum die gleiche Rolle gespielt haben, auch wenn Anne unter der Überschrift *Wofür sich die Bewohner des Hinterhauses interessieren* notierte: *Frau Frank: lernt Englisch in schriftlichen Kursen; liest alles, außer Detektivgeschichten.*

Das Bild, das Miep Gies von Edith Frank zeichnet, verändert sich dann auch während der Untertauchzeit. Zwar war sie weiterhin freundlich und still, verhielt sich jedoch, folgt man Mieps (durchaus glaubhaft wirkenden) Aussagen, immer depressiver. Sie war bedrückt, litt unter Mutlosigkeit und ließ sich durch nichts aufmuntern. Auch die zunehmenden Erfolge der Alliierten, die von den anderen Untergetauchten aufgeregt verfolgt wurden, ließen Edith Frank kalt. Sie sah die Zukunft nur in düsteren Farben und ließ sich ihre Sorgen und Ängste nicht ausreden. Für Edith Franks Depressivität (vielleicht war es auch eine echte Depression) sprechen vor allem zwei Formulierungen in Mieps Buch: »[...] für sie existierte nur der lange dunkle Tunnel, doch keinerlei Lichtschimmer am Horizont«[42] und: »[...] in sich zusammengesunken hockte sie da, die verkörperte Hoffnungslosigkeit«[43].

Edith Frank mußte sich dringend aussprechen, ihre Angst und ihre Verzweiflung bei irgend jemandem abladen. Ihr Mann wird vermutlich kaum in Frage gekommen sein, da er wohl jeden Versuch ihrerseits, ihre Mutlosigkeit zu artikulieren, abgewürgt hat (natürlich nicht grob, sondern mit beschwichtigenden Worten). Die Untergetauchten konnten es sich nicht leisten, sich gegenseitig mit Mutlosigkeit und Verzweiflung anzustecken. Deshalb suchte Edith das Gespräch mit Miep. Diese berichtet: »Mit belegter Stimme sprach sie über die Angstvorstellungen, die sie insgeheim quälten. ›Ich sehe kein Ende ab, Miep‹, war eine ihrer ständigen Redensarten. Einmal sagte sie: ›Denken Sie an meine Worte, Miep: Nach diesem Krieg wird Deutschland nicht mehr das sein, was es früher war.‹ Ich hörte mir mitfühlend alles an, was Edith Frank loswerden mußte.«[44]

Und noch etwas tat Edith Frank. Sie beklagte sich bei Miep über Frau van Pels. Auch das war ungewöhnlich. Miep schreibt:»[...] noch nie hatte sich jemand im Hinterhaus in dieser Weise über einen der anderen geäußert. Wenn es Spannungen und Konflikte gab, so wurde das in meiner Gegenwart nie erwähnt.«[45] (Die Untergetauchten waren diskret. Es ist anzunehmen, daß Otto Frank keine Indiskretion zugelassen hätte.)

Für Miep müssen diese Gespräche mit Edith Frank manchmal unangenehm gewesen sein, denn die offene Darstellung eigenen Leidens und eigener Verzweiflung entsprach nicht den üblichen, sorgsam gewahrten Spielregeln zwischen Untergetauchten und Helfern. Wie groß muß der Druck gewesen sein, unter dem Edith Frank litt, daß sie die Hemmschwellen ihrer Erziehung überschritt und ihre Klagen und Beschwerden einer Frau gegenüber aussprach, die nicht zu ihrer Familie gehörte!

Es ist seltsam, daß Anne diesen depressiven Charakterzug ihrer Mutter nicht bemerkte, sie eher als aufdringlich, unsensibel und aggressiv erlebt hat. Das läßt sich allerdings mit Annes Alter erklären. Pubertierende Mädchen müssen sich gegen ihre Eltern – und da vor allem und zuerst gegen ihre Mutter – abgrenzen. Hätte sie Verständnis für die Situation und die seelische Verfassung ihrer Mutter zugelassen, hätte sie den Schritt der Abgrenzung nicht tun können, nicht unter solch engen Verhältnissen. Ärger und Wut sind Emotionen, die Kräfte mobilisieren, Mitleid dagegen schwächt eher – das hätte sie sich nicht leisten können, da sie doch (notwendigerweise!) so sehr darauf aus war, stark zu sein. Sicher war es nicht ein Mangel an Sensibilität, der sie dazu brachte, ihre Mutter so ungenau und ungerecht wahrzunehmen. Sie war einfach noch nicht stark genug, das Leiden von anderen mitzutragen. Es war ihr gutes Recht, für sich zu sorgen, schließlich war sie das Kind, sie mußte wachsen und sich entwickeln.

Daran sollte man vielleicht auch bei Annes Beurteilung der
drei anderen erwachsenen Untergetauchten denken, gerade
weil man – trotz aller Sympathie für Anne – zugeben muß, daß
sie in der Beurteilung besonders von Frau van Pels und Herrn
Pfeffer ziemlich schonungslos und manchmal auch ungerecht
war. Vielleicht gehörte zu ihrer scharfen Beobachtungsgabe
und der Fähigkeit, präzise und auf das Wesentliche konzentriert zu schreiben, auch eine gewisse Erbarmungslosigkeit.

## 9

*Zankereien gehören*
*zur Tagesordnung*

# Herr und Frau van Pels

Die Franks kannten die Familie van Pels schon lange, bevor sie gemeinsam untertauchten, auch wenn sie wohl einen eher oberflächlichen gesellschaftlichen Umgang miteinander gepflegt haben. Herr van Pels, 1890 in Gehrde (Niedersachsen) als Sohn niederländischer jüdischer Eltern geboren, war vor den Nazis mit seiner Frau und seinem Sohn aus Osnabrück in die Niederlande geflohen.

Er trat 1938 als Fachmann für Gewürzmischungen in die Firma Pectacon ein, die Otto Frank zu diesem Zeitpunkt gründete, mit ihm selbst als Direktor und Kleiman als Aufsichtsratsvorsitzendem. (Pectacon stellte Gewürzmischungen für Wurstwaren her. Der Vertrieb von Geliermitteln war ein Saisongeschäft, und Otto Frank hatte das Unternehmen auf eine breitere Basis stellen wollen.)

Bei seinem Eintritt in die Firma war Herr van Pels nach Mieps Beschreibung ein Mittvierziger, gut angezogen, mit leicht gebücktem Gang, einem männlichen, offenen Gesicht und spärlichem Haarwuchs. Für einen Scherz habe er immer Zeit gefunden, er sei ein angenehmer und umgänglicher Mann gewesen, der sich mühelos in den Betrieb einfügte. Er habe gern Witze erzählt und gern gelacht. Besonders betont Miep, daß er Kettenraucher war. Wann immer die Helfer das Hinterhaus betraten, habe er sofort, noch bevor jemand ein Wort sagen konnte, seine übliche Frage nach Zigaretten gestellt. (Sein Rauchen, seine Gier nach Zigaretten, werden auch in Annes Tagebuch immer wieder erwähnt. In der Untertauchzeit muß er sehr darunter gelitten haben, denn Zigaretten und Tabak waren nicht immer zu bekommen.)

Anne, die sich sehr auf die Ankunft der van Pels gefreut hatte, beklagt sich schon fünf Wochen nach deren Einzug, daß sie und Herr van Pels ständig zerstritten seien. Einen Monat später schreibt sie in einem Nachtrag darunter, er sei in der letzten Zeit *katzenfreundlich*, und sie lasse es sich ruhig gefallen. Die Spannung zwischen beiden scheint sich schnell gemildert zu haben, jedenfalls beklagt sich Anne kaum mehr über ihn. Wenn sie ihn erwähnt, dann meist eingebunden in irgendeine Geschichte. Es hat zwar oft Streit gegeben, an dem auch Herr van Pels beteiligt war, doch erschien er Anne nicht als der Auslöser, sonst hätte sie es irgendwann einmal festgehalten. Bei ihren Bemerkungen über *Unannehmlichkeiten* faßt sie das Ehepaar häufig zusammen, spricht von *den van Daans,* die beispielsweise beim Frühstück das Essen ungerecht verteilten. Sie ärgert sich darüber und meint, man solle es solchen Leuten mit gleicher Münze zurückzahlen. Doch ihre Eltern hätten zuviel Angst vor Streit, um sich zu beschweren. Einmal erzählt sie, daß Herr van Pels wegen Zigarettenknappheit schlechte Laune habe, ein andermal, daß er wegen ein bißchen Halskratzen *ein gewaltiges Getöse* mache. Erst am 9. August 1943, als sie vom Ablauf der Mahlzeiten berichtet, findet sie für ihn den spöttischen Ton, den sie sonst für alle übrig hat, über die sie sich ärgert. *Er hat die einzig richtige Meinung, er weiß über alles das meiste. Na gut, er hat einen gescheiten Kopf, aber die Selbstgefälligkeit dieses Herrn hat ein hohes Maß erreicht.*

Im selben Eintrag spricht sie allerdings auch davon, daß er auf Widerspruch heftig reagiere, einen anfauchen könne wie eine Katze. *Ich möchte das lieber nicht erleben. Wer es einmal mitgemacht hat, hütet sich vor dem zweiten Mal.* Vielleicht liegt hier der Grund dafür, daß sie sich mit ihm seltener angelegt hat als mit Frau van Pels und Herrn Pfeffer. Vielleicht hatte sie das Gefühl, ihm nicht gewachsen zu sein. Nicht intellektuell, sondern auf der Aggressionsebene. Schließlich war es in ihrer Familie nicht üblich, daß jemand seine Bedürfnisse so vehement ausdrückte und durchsetzte wie er. (Man denke an das Rauchen, das er auch dann nicht aufgab, als die Ersparnisse aufgebraucht waren und Wertgegenstände verkauft werden mußten.)

Eine derart offensive Selbstbehauptung hatte Anne Frank nicht zu parieren gelernt, sie muß ihr unheimlich gewesen sein und sie zu einer gewissen Vorsicht im Umgang mit Herrn van Pels veranlaßt haben. Jedenfalls schreibt sie am 25. März 1944, daß man Herrn van Pels gewinnen könne, wenn man ihm recht gebe, ihm ruhig zuhöre, nicht viel sage und auf seine Scherze und blöden Witze mit einem anderen Scherz eingehe. Eine Strategie, die sie ihm gegenüber wohl schon bald nach den ersten Auseinandersetzungen ergriffen hatte.

Die van Pels waren an sehr vielen Streitigkeiten im Hinterhaus beteiligt, und auch zwischen dem Ehepaar selbst kam es häufig zu lautstarken Auseinandersetzungen. Doch jeder Streit endete wieder in einer *Versöhnungsphase mit »ach, lieber Putti« und »süße Kerli«.* Es muß auch häufiger zu Unstimmigkeiten zwischen Herrn van Pels und Frau Frank gekommen sein, obwohl Anne (aus Diskretion oder weil sie sich für die Gründe einfach nicht interessierte?) keine Details angibt. So hält sie etwa am 15. Januar 1944 fest: *Mutter hat den vorläufig unerfüllbaren Wunsch geäußert, Herrn van Daans Gesicht mal vierzehn Tage nicht sehen zu müssen.*

Der rastlose Herr van Pels muß unter dem Eingesperrtsein ziemlich gelitten haben. Auch bei ihm kommt, wie bei Edith Frank und seiner Frau, hinzu, daß er sich vermutlich nicht so ohne weiteres in geistige Arbeit vertiefen konnte. Jedenfalls notiert Anne unter der Überschrift *Wofür sich die Bewohner des Hinterhauses interessieren: Herr van Daan: lernt nichts; schlägt viel im Knaur nach; liest gern Detektivromane, medizinische Bücher, spannende und belanglose Liebesgeschichten.* Er war wohl ein impulsiver, vielleicht auch etwas vulgärer Mensch, der mit sich allein nicht viel anfangen konnte. Im Berufsleben waren seine Fähigkeiten sicher nützlich, aber ein Leben in Untätigkeit, auf sich selbst zurückgeworfen, muß für ihn nur schwer zu ertragen gewesen sein. (Ein Wolf, der, in seinen Käfig gesperrt, ruhelos auf und ab läuft, so stelle ich ihn mir vor.)

Über Frau van Pels berichtet Miep Gies auffallend wenig. »Frau van Daan* – leicht aufbrausend, kokett, geschwätzig.«[46] Dieser Einschätzung muß man nach einer Durchsicht von Annes Tagebuch zustimmen, jedoch ist damit nur ein Teil von Frau van Pels' Persönlichkeit beschrieben. Sie war mehr als nur leicht aufbrausend, kokett und geschwätzig. Sie war auch fleißig, fröhlich, impulsiv und versöhnlich.

Schon bald nach dem Einzug der van Pels schreibt Anne von *Unannehmlichkeiten*, die Frau van Pels durch ihre Kleinlichkeit auslöse. So habe sie etwa ihre eigene Bettwäsche aus dem gemeinsamen Wäscheschrank geholt, um sie für später, für nach dem Krieg, zu schonen. (Frau Frank nahm dann ihre Bettwäsche auch heraus.) Außerdem habe Frau van Pels eine Stinkwut, weil nicht das Tischgeschirr der Franks in Gebrauch sei, sondern das ihre. (Obwohl man hier natürlich die Frage stellen könnte, warum das so war, da die Franks doch als erste im Hinterhaus waren und demzufolge ihr Geschirr im Gebrauch gewesen sein müßte. Sie werden es weggepackt haben, bevor die van Pels kamen. Wer war da kleinlich?)

Die Reibereien zwischen den Frauen hatten also schon sehr früh begonnen. Waren es Rangkämpfe? Kämpfe um eine Hackordnung? Das hatte Frau Frank doch eigentlich nicht nötig. Oder doch? Ging es vielleicht um etwas ganz anderes, nämlich um körperliche Attraktivität? Immerhin bezeichnet Miep Frau van Pels als eine hübsche, ein wenig kokette Frau, während Edith Frank durch ihr Übergewicht massig und matronenhaft wirkte. Von Anne – die das eifersüchtig beäugt hat – wissen wir, daß Frau van Pels gelegentlich versucht hat, mit Otto Frank zu flirten. Waren Frau Frank und Frau van Pels zeitweise zu Rivalinnen geworden, auch wenn das – bedenkt man die Situation – etwas unpassend anmutet?

Lange erfahren wir aus dem Tagebuch nur von Frau van Pels Beschränktheit, von ihren Launen, von ihrer Eitelkeit, ihrer Geschwätzigkeit. Und von häufigen Streitereien über das Thema Erziehung.

---

* Miep Gies benutzt in ihrem Buch sämtliche Pseudonyme der ersten Leseausgabe.

Frau van Pels hatte Peter traditionell erzogen, das heißt, auch
mit körperlicher Züchtigung. Am 11. Mai 1944 zitiert Anne
Frau van Pels: *»Zuhause war er nicht so«, sagte sie. »Ich hätte
ihm eine verpaßt, daß er die Treppe runterfliegt(!). Er ist nie so
frech gewesen, er hat auch mehr Schläge bekommen [...].«*
Anne wurde von ihren Eltern nicht geschlagen, zumindest
nicht, als sie älter war. Auch früher wird es – wenn überhaupt –
höchstens mal zu einem Klaps gekommen sein. Rivalität also
auch bei den Erziehungsmethoden.

Anne erzählt zwar immer wieder von Streitigkeiten und macht
keinen Hehl aus ihrer Verachtung für Frau van Pels, doch diese
hatte auch ihre guten Seiten, wie Anne langsam merkte (und in
ihrem Tagebuch auch zugab). Sie war – wenigstens die meiste
Zeit – fleißig und fröhlich. Schon ihr Einzug ins Hinterhaus
vollzog sich unter Gelächter, weil sie ihren Nachttopf mitge-
bracht hatte und erklärte, ohne Nachttopf fühle sie sich
nirgends daheim. Und sie erzählte gern lustige Episoden aus
ihrer Jugend, *kramte herrlichen Blödsinn hervor*, und brachte
damit die anderen zum Lachen.

Ansonsten wurde im Hinterhaus nicht viel gelacht. (Und ob
Herrn van Pels' Witze immer so lustig waren?) Natürlich war
die Situation der Untergetauchten ernst, doch man kann wohl
davon ausgehen, daß Lachen sowieso nicht der bevorzugte
Gesichtsausdruck der Familie Frank war. Anne litt darunter,
sehnte sich danach, einmal wieder richtig lachen zu können, so
wie früher mit ihren Freundinnen. Am 16. September 1943
schreibt sie: *Einmal richtig und laut zu lachen, das würde mehr
helfen als zehn Baldriantabletten. Aber das Lachen haben wir
fast verlernt.*

Auch Frau van Pels war von den Hauptbeschäftigungen Lesen
und Lernen weitgehend ausgeschlossen. Sie lernte – ziemlich
erfolglos – Niederländisch und Englisch und las, so Anne, ab
und zu mal eine Biographie oder einen Roman.

Anne hielt nicht viel von Frau van Pels' geistigen Fähigkeiten
(eine Überheblichkeit, die bei intelligenten Mädchen ihres Alters keineswegs selten ist), fand sie außerdem unbescheiden,
egoistisch, berechnend, eitel, kokett. Doch Miep hat sie auch

anders erlebt, nämlich dankbar und großzügig. An ihrem Geburtstag im Februar 1944 schenkte ihr Frau van Pels als Zeichen ihrer Dankbarkeit einen wunderschönen antiken Ring.[47] Heimlich, wohlgemerkt, ohne damit vor den anderen anzugeben. Und das in einer Zeit, da Kleiman schon dauernd Wertsachen für sie verkaufen mußte, weil ihre Ersparnisse aufgebraucht waren.

Sicher war Frau van Pels keine besonders gebildete, kluge Frau, doch ihre Fröhlichkeit und ihr unermüdlicher Einsatz im Haushalt spielten wohl eine größere Rolle für das tägliche Leben im Hinterhaus, als Anne Frank wahrgenommen hat. Daß ihre Urteile über Frau van Pels wenigstens teilweise ungerecht waren, hat sie auch selbst erkannt. Am 22. Januar 1944 schrieb sie: *Es stimmt natürlich, daß Frau van Daan alles andere als ein feiner Mensch ist. Trotzdem denke ich, daß die Hälfte aller Streitereien hätte vermieden werden können, wenn Mutter im Umgang und bei jedem scharfen Gespräch nicht so unmöglich wäre. Frau van Daan hat nämlich eine Sonnenseite, und die ist, daß man mit ihr reden kann.* Und am 25. März 1944: *Der größte Fehler von Vater und Mutter gegenüber den van Daans ist, daß sie nie offenherzig und freundschaftlich sprechen (auch wenn die Freundschaft ein bißchen geheuchelt sein sollte).* Und sie meinte, Frau van Pels gewinne man durch *offenherziges Reden und Alles-Zugeben.* Sie selbst gebe ihre Fehler, die sehr zahlreich seien, auch immer offen zu. (Und das ist wirklich keine unbedeutende Tugend!)

Im Unterschied zu Frau Frank konnte Frau van Pels offensichtlich aus ihrer Hausfrauenrolle einige Bestätigung für ihr Selbstwertgefühl ziehen. Sie dachte wohl, so war sie wenigstens beschäftigt, auch wenn ihr der Haushalt oft auf die Nerven ging. Anne zitiert sie am 14. März 1944: *»Die Arbeit als Küchenfee gefällt mir schon lange nicht mehr, aber dazusitzen und nichts zu tun zu haben ist langweilig. Also koche ich doch wieder und beklage mich: ›Kochen ohne Fett ist unmöglich. Mir wird übel von all den ekelhaften Gerüchen. Nichts als Undankbarkeit und Geschrei ist der Lohn für meine Mühe. Ich bin*

*immer das schwarze Schaf, an allem bekomme ich die
Schuld.*‹«

Zwei Frauen, Edith Frank und Frau van Pels, die vermutlich
beide nicht gelernt hatten, untereinander solidarisch zu sein.
Da konnten Rivalitäten und Eifersüchteleien nicht ausbleiben.
(Aus feministischer Sicht kann man sie nur bedauern und sagen: Schade, ihr hättet euch gegenseitig so viel helfen
können.)

## 10

*Er kennt nichts als
seine Charlotte*

# Herr Pfeffer

Noch härter und erbarmungsloser äußerte sich Anne Frank
über Fritz Pfeffer, mit dem sie das Zimmer teilte. Er war 1889
in Gießen geboren und 1938 aus Deutschland geflohen. Er
lebte mit Charlotte Kaletta zusammen, einer nichtjüdischen
Frau. Weil Fritz Pfeffer als ›gemischtrassig Verheirateter‹ eine
geschütztere Position gehabt hätte, hatten die beiden verzweifelt versucht zu heiraten, doch es war ihnen nicht gelungen.
Seit den berüchtigten Nürnberger Gesetzen, den ›Rassenge-
setzen‹, waren Ehen und überhaupt jegliche Beziehung
zwischen ›Ariern‹ und Juden verboten.
Herr Pfeffer gehörte zum weiteren Bekanntenkreis der
Franks. Bei ihnen hatte Miep ihn kennengelernt und war daraufhin seine Patientin geworden. Sie mochte ihn, als Zahnarzt
und als Menschen, und beschreibt ihn als einen attraktiven,
charmanten Mann, der Ähnlichkeiten mit Maurice Chevalier
gehabt habe.[48]
Laut Anne Frank kam es folgendermaßen zu seiner Aufnahme
ins Hinterhaus: Als die Berichte über Razzien und Deportationen immer schlimmer wurden, sagten sich die Untergetauchten, daß dort, wo das Essen für sieben Menschen reiche,
auch ein achter satt würde, und deshalb beschlossen sie, noch
jemanden aufzunehmen. Sie hatten lediglich Bedenken, Kugler und Kleiman noch mehr zu belasten. Otto Frank sprach die
beiden darauf an, und sie waren einverstanden. *»Die Gefahr ist
für sieben genauso groß wie für acht«, sagten sie völlig zu
Recht.*
Die Untergetauchten einigten sich, immer noch laut Anne,
gemeinsam auf den Zahnarzt Dr. Fritz Pfeffer. Sie kannten ihn
flüchtig und fanden ihn sympathisch. Er sollte bei Anne im
Zimmer schlafen, und Margot, mit dem Harmonikabett vom

Dachboden, hinüber zu den Eltern ziehen. Anne war die Vorstellung, ihr Zimmer von nun an mit Herrn Pfeffer teilen zu
sollen, zwar unangenehm, aber auch sie schloß sich der Meinung an, daß man in diesen Zeiten Opfer bringen müsse.

Miep erzählt die Geschichte etwas anders. Ihrer Darstellung
nach wurde zuerst sie von Herrn Pfeffer gefragt, ob sie für ihn
einen Platz zum Untertauchen wisse. Sie versprach, sich um-
zuhören, und wandte sich schon am folgenden Tag an Otto
Frank. »Frank hörte sich das interessiert an. Pfeffer und seine
Frau hatten ja zu den deutschen Emigranten gehört, die sich
samstags bei den Franks zu treffen pflegten. Ich wußte, daß
Frank ihn genauso mochte wie ich.

Einige Tage später teilte mir Frank bei meinem Besuch nach
Feierabend mit, er habe etwas mit mir zu besprechen. Ich
setzte mich, und er begann: ›Miep, wo sieben essen können,
werden auch acht satt. Wir alle haben den Fall beredet und
beschlossen, daß Pfeffer hier bei uns untertauchen kann. Aber
er muß gleich morgen früh kommen.‹«[49]

Er kam dann doch nicht gleich am nächsten Tag, sondern erst
ein paar Tage später, am 16. November 1942. Miep hat in der
ganzen Zeit, bis zur Verhaftung der Untergetauchten, die Verbindung zwischen Pfeffer und Charlotte Kaletta aufrechterhalten, ohne der Frau jedoch zu sagen, wo er sich befand. Sie
schreibt: »Von nun an traf ich mich einmal wöchentlich mit Dr.
Dussels bezaubernder blonder Frau, ein Jahr älter als ich, und
überbrachte ihr seine dicken Briefe. Sie gab mir Post, Bücher,
Pakete mit sowie ein paar Instrumente, um die er gebeten
hatte. Für sie als Christin bestand jetzt, da sie nicht mehr mit
einem Juden zusammenlebte, weiter keine direkte Gefahr.
[...] Ich tat, als hätte ich keine Ahnung, wo sich Fritz Dussel
versteckt hielt. Und Frau Dussel war viel zu klug und vorsichtig, um mich auszuhorchen.«[50]

Auf der einen Seite ein Mann wie Fritz Pfeffer, in den Fünf-
zigern, vermutlich schon relativ festgefahren in seinen
Ansichten und überhaupt wenig flexibel, zum zweitenmal herausgerissen aus seiner Umgebung, aus der Zahnarztpraxis, in
der er illegal gearbeitet hatte, und nicht gewöhnt an das Zu-

sammenleben mit Kindern, und auf der anderen Seite ein derart impulsives, spitzzüngiges Mädchen wie Anne Frank, beide ›auf Gedeih und Verderben‹ in ein kleines Zimmer zusammengepackt – da war das ›Verderben‹ kaum zu vermeiden.

Schon bald ging Pfeffer Anne Frank furchtbar auf die Nerven. Immer hatte sie etwas an ihm auszusetzen, sie ließ sozusagen kein gutes Haar an ihm. (Auch das Pseudonym ›Dussel‹, das sie für ihn, der eigentlich Pfeffer hieß, ausgesucht hat, kann man nur als Hohn verstehen. Eine gezielte Gemeinheit, die sich Anne offenbar nicht verkneifen konnte, obwohl sie sonst keine Neigung zu Kalauern hatte.)

Pfeffer war, schon aufgrund seines angesehenen Berufes, daran gewöhnt gewesen, daß ihm eine gewisse Autorität zugebilligt wurde, doch das war jetzt ganz anders. Bei ihm zu Hause sei sein Wort Gesetz gewesen, meint Anne, aber ihr passe das ganz und gar nicht. Sie nahm ihm übel, daß er ›petzte‹, und das ausgerechnet noch bei ihrer Mutter. Sie warf ihm Dummheit vor, Uneinsichtigkeit in Hinblick auf die Versteckregeln, Geiz und Heimlichtuerei. Er habe Brot, Käse, Marmelade und Eier, die er von seiner Charlotte bekommen habe, in seinem Schrank versteckt, erzählt sie am 1. Mai 1943 und fügt vorwurfsvoll hinzu: *Es ist mehr als ein Skandal, daß er, den wir hier so liebevoll aufgenommen haben, nur um ihn vor dem Untergang zu retten, sich hinter unserem Rücken den Bauch vollstopft und uns nichts abgibt. Wir haben doch auch alles mit ihm geteilt!* Und am 3. August 1943 notiert sie mit der Arroganz einer Vierzehnjährigen: *Dussel sinkt in meiner Achtung immer tiefer, er ist schon unter Null. Was er auch sagt über Politik, Geschichte, Erdkunde oder andere Themen, es ist so ein Unsinn, daß ich es fast nicht zu wiederholen wage.*

Er hatte es bei ihr verspielt, was er auch tat oder sagte, es war falsch. – Ich muß zugeben, daß ich ihn bedauere. Er mag schwierig und starrsinnig gewesen sein, aber er hatte kaum Chancen, im Hinterhaus zu seinem Recht und zu etwas Anerkennung zu kommen. Der wichtigste Grund dafür war natürlich, daß er allein war. Die anderen waren *en famille*, konnten sich notfalls

immer auf die Familiensolidarität verlassen, auch Anne, die das genau wußte und in ihren Auseinandersetzungen mit den van Pels auch ausnutzte. Fritz Pfeffer hatte niemanden, noch nicht einmal einen Raum für sich, in den er sich zurückziehen konnte. Immer war dann dieses unerzogene Biest da, diese vorlaute Anne, die ihn mit mißtrauischen Augen beobachtete und nur auf die nächste Dummheit wartete, die er sagte oder tat. So muß er es erlebt haben. Zwei Blöcke, die Franks und die van Pels, die ihm – je nach Situation einzeln oder gemeinsam – gegenüberstanden, abweisend, tadelnd. Dazu die drei Jugendlichen, die zwar kein fester Block waren, sich aber doch hin und wieder in ihrer Abneigung gegen ihn verbündeten. (Es könnte auch gut sein, daß Anne, Margot und Peter Aggressionen, die sie gegen ihre eigenen Eltern hatten und unter diesen Bedingungen nicht zulassen konnten, auf Pfeffer, den wehrlosesten der Erwachsenen, übertrugen.)
Kein Wunder, daß er sich so gern und häufig auf die Toilette zurückzog. Kein Wunder, daß er – obwohl er sich damit den Zorn seiner Mituntergetauchten zuzog, die sich durch ihn gefährdet sahen – die Korrespondenz mit Charlotte Kaletta und einigen anderen Leuten nicht abbrechen lassen wollte.
Womit verbrachte Herr Pfeffer seine Zeit? Anne schreibt: *Herr Dussel: Lernt Englisch, Spanisch und Niederländisch ohne nennenswertes Ergebnis; liest alles, urteilt mit der Mehrheit.* (Sie wirft ihm Konformismus vor, aber was hätte er auch anderes tun können, um den ohnehin schon häufigen Querelen um seine Person nach Möglichkeit auszuweichen?)
Fritz Pfeffer war im Hinterhaus einsamer als jeder andere. Über zwei Jahre lang. Selbst wenn man davon ausgeht, daß er den anderen genügend Angriffsfläche bot, genügend Grund für Reibereien, so kann er einem doch leid tun. Er wurde zweifellos zum Sündenbock der Untergetauchten.
Diese Gruppe sollte man sich keineswegs so ähnlich wie eine Wohngemeinschaft vorstellen. Es war keine, es war eine Notgemeinschaft. Sie waren weder freiwillig untergetaucht, noch hatten sich alle Mitglieder frei füreinander entschieden. Die Zusammenstellung der Gruppe war eher zufällig, man hat zu-

sammen gearbeitet, man kannte sich, man fand sich nicht von
vornherein unsympathisch. Viel mehr war es nicht.

Fraktionsbildungen waren unter diesen Voraussetzungen un-
vermeidlich, und die liefen nach bürgerlichem Muster famili-
enweise ab. Selbst Anne, Margot und Peter haben es nur
punktuell geschafft, aus diesem Muster auszubrechen. Wie
hätte Pfeffer da eine Chance gehabt? Und mit wem hätte er
sich zusammentun sollen? Otto Frank war die personifizierte
Distanz, seine Frau launisch, vielleicht sogar zynisch, wie
Anne einmal sagt. Mit dem eher lauten und impulsiven Herrn
van Pels kam der steife Pfeffer sicher nicht besonders gut zu-
recht, blieb eigentlich nur noch Frau van Pels. Die wiederum
war zwar für eine Schmeichelei zu haben, aber doch wenig
verläßlich. Unter dem Datum des 3. November 1943 berichtet
Anne Frank von einem Streit zwischen Pfeffer und Frau van
Pels: *Wenn er über Frau van Daan spricht, sagt er nur »die
dumme Kuh« oder »das alte Kalb«, und sie wiederum betitelt
den unfehlbaren studierten Herrn als »alte Jungfer« oder »alten
Junggesellen, der sich ewig auf den Schlips getreten fühlt« und
so weiter.*

Ein andermal, am 5. Juni 1944, heißt es dagegen: *Dicke
Freundschaft zwischen Frau van Daan und Letztgenanntem,
Flirten, Küßchen und freundliches Lächeln. Dussel fängt an,
Sehnsucht nach Frauen zu bekommen.* Zwar könnte Anne mit
ihrer Erklärung durchaus recht gehabt haben – zwei Jahre lang
sexuell abstinent zu leben war für Herrn Pfeffer vielleicht ein
zusätzliches Problem, dem die anderen erwachsenen Untergetauchten nicht ausgesetzt waren. Es könnte sich bei seinen
Annäherungen an Frau van Pels aber auch um einen unge-
schickten Versuch gehandelt haben, sich eine Verbündete zu
verschaffen. Nur kam es dann wie immer, wenn er sich her-
vortat: Er wurde belächelt und erntete Spott.

Durch seinen Charakter und sein Alleinstehen war Fritz Pfeffer wie geschaffen für die Opferrolle. Und vermutlich war er so
erzogen, daß er seine Einsamkeit und sein Leid nicht aussprechen konnte; vielleicht konnte er sie sich noch nicht einmal
selbst eingestehen. Eine traurige Geschichte.

# 11

*Meine Schwester,*
*das vorbildliche Kind*

## Margot

Über Margot läßt sich nicht viel sagen. Das heißt nicht, daß sie eine unbedeutende Persönlichkeit gewesen sei, doch sie bleibt – ebenso wie Peter – seltsam blaß, sowohl in Annes Tagebuch als auch in Mieps Beschreibungen. Zum größten Teil lag das wahrscheinlich an ihrer Zurückhaltung, an ihrer *Bescheidenheit*, wobei Anne dieses Wort in folgendem Sinn verwendet: keine Aufmerksamkeit verlangen, sich im Hintergrund halten, nichts für sich wollen. Zweifellos eine Haltung, die kennzeichnend war für Margots Wesen.

Miep erwähnt lediglich, daß Margot, ebenso wie Anne, beim Kochen und Saubermachen geholfen und ununterbrochen gelesen und gelernt habe. In der ganzen langen Untertauchzeit sei keine persönliche Beziehung zwischen ihr und Margot entstanden, erzählt Miep. Margot habe keine Ansprüche gestellt, keine persönlichen Wünsche geäußert, kein Bedürfnis nach einem vertraulichen Gespräch gezeigt. (Die Vermutung drängt sich auf, daß Margot ihrem Vater sehr ähnlich war.) Und sie sei ziemlich häufig krank gewesen, schon vor dem Untertauchen, doch sie habe sich durch nichts von ihrem Lernpensum abhalten lassen. Beispielhaft ist folgendes Zitat, das sich bei Miep findet: »Margot wirkte ebenfalls sehr niedergeschlagen, blieb schweigsam und in sich gekehrt. Stets freundlich, stets hilfsbereit, verstand sie es gleichsam, sich unsichtbar zu machen. Nie war sie jemandem im Weg, nie verlangte sie etwas.«[51] Das Intimste, was Miep über Margot schreibt, ist, daß sie Lockenwickler benutzte. (Anne übrigens auch, sie bleichte sich noch zusätzlich die Barthaare.)

Anne selbst scheint lange Zeit ihrer Schwester gegenüber keine besonders freundschaftlichen Gefühle gehegt zu haben, so sehr sie sie auch früher bewundert haben mag, wie Miep erzählt. Diese Zeit war vorbei, Anne war nicht mehr die kleine Schwester, die der großen an den Lippen hing. Sie fand Margot zu brav, zu angepaßt, wie man heute sagen würde. Margot war das kluge Mädchen, das immer nur die besten Noten hatte, kaum etwas tat, womit sie ihre Eltern geärgert hätte. Sie war in jeder Hinsicht *vorbildlich*, und das ging Anne auf die Nerven und reizte sie zu spöttischen Bemerkungen.

Außerdem litt Anne ganz offensichtlich an der normalen kindlichen Eifersucht einer jüngeren Schwester gegenüber der älteren, die etwa schon Bücher lesen durfte, die ihr selbst noch verboten waren, einer Schwester gegenüber, die – wenigstens Annes Meinung nach – von den Eltern, vor allem von der Mutter, immer vorgezogen wurde. Am 14. Oktober 1942 berichtet sie zum ersten – und in dieser Form einzigen – Mal davon, daß ihre Mutter, sie und Margot wieder die besten Freundinnen seien, doch bereits drei Wochen später, am 7. November, spricht sie von Margots Gereiztheit und ihrem eigenen Ärger darüber, daß die Eltern Margot vorziehen. *Margot ist nun mal die Klügste, die Liebste, die Beste, die Schönste. Aber ein bißchen Recht habe ich doch auch darauf, ernst genommen zu werden.* Sie sei nicht neidisch, fügt sie hinzu, aber diese Aussage darf man wohl bezweifeln, auch wenn es andererseits durchaus glaubhaft ist, daß Anne nicht so sein wollte wie Margot, so *lasch und gleichgültig.* Margot lasse sich von allen überreden und gebe immer nach, schreibt sie. Das wolle sie nicht, sie wolle einen kräftigeren Geist.

Lange Zeit taucht Margot in Annes Tagebuch nur in ganz normalen familiären Bezügen auf, doch dann, am 12. Januar 1944, notiert Anne: *Margot ist so lieb geworden, sie scheint mir ganz anders zu sein als früher. Sie ist längst nicht mehr so schnippisch und wird nun eine wirkliche Freundin. Sie sieht nicht mehr den kleinen Knirps in mir, mit dem man nicht zu rechnen braucht.*

Von da an änderte sich die Beziehung zwischen den Schwestern, obwohl Anne es vermied, zu vertraulich mit Margot zu werden. Sie betonte (völlig zu Recht, finde ich), daß sie ja immer zusammen seien und sie ihre Vertraute nicht ständig um sich haben könne. (Hinter Annes Scheu, Margot etwas zu Intimes, zu Persönliches mitzuteilen, steckt sicherlich die bei diesem engen Zusammenleben nicht unberechtigte Angst, Margot könne das Gesagte hinterher – entweder unabsichtlich, nur aus Gedankenlosigkeit, oder bei einem Streit – gegen sie verwenden.) Ein wichtiger Faktor für die Verbesserung der Beziehung zwischen ihnen war wohl, daß auch Margot – wesentlich später als Anne – sich nun von ihrer Mutter zu lösen begann. (Zeugenaussagen zufolge war die Beziehung zwischen Anne und Margot später, in Auschwitz und Bergen-Belsen, sehr eng.)

Und womit verbrachte Margot ihre Zeit? Wie schaffte sie es, so »unsichtbar« zu bleiben? Unter der Überschrift *Wofür sich die Bewohner des Hinterhauses interessieren* findet sich zu Margot folgende Auflistung:

*Margot Frank: Lernt Englisch, Französisch, Latein nach schriftlichen Kursen, englisch Steno, deutsch Steno, niederländisch Steno, Mechanik, Trigonometrie, Physik, Chemie, Algebra, Geometrie, englische Literatur, französische Literatur, deutsche Literatur, niederländische Literatur, Buchhaltung, Erdkunde, neue Geschichte, Biologie, Ökonomie; liest alles, am liebsten Bücher über Religion und Heilkunde.*

Margot lernte und lernte, das bestätigt auch Miep, nach deren Aussage sie auch früher schon, vor dem Untertauchen, gern gelernt hatte. Sie griff also auf das zurück, was ihr bewährt schien, was ihr vermeintlich immer Anerkennung und Zuneigung eingebracht hatte. (Obwohl Anne einmal betont, ihre Eltern seien in Notenangelegenheiten anders als andere Eltern und machten sich nichts aus guten oder schlechten Zeugnissen.) Bei dieser langen Liste von Lernfächern drängt sich die Vermutung auf, daß Margot ins Lernen floh, daß Lernen für sie zur Obsession geworden war, mit der sie möglichen negativen Szenen und Gefühlen aus dem Weg ging, sie gar nicht erst zuließ. So wie ihr Vater bei Dickens Zuflucht suchte und Anne in ihrem Tagebuch.

Hatte sie gar keine Wünsche, keine Träume? Anne berichtet lediglich, daß Margot sich für den Tag, an dem sie wieder frei wären, am meisten ein heißes Bad wünsche, bis zum Rand gefüllt, in dem sie mehr als eine halbe Stunde bleiben wolle. Und daß Margot Säuglingsschwester in Palästina werden wolle. Ein Traum, den Anne eher bescheiden fand. Sie selbst dagegen wollte gern ein Jahr nach Paris und ein Jahr nach London, um Sprachen zu lernen und Kunstgeschichte zu studieren, sie wollte etwas sehen und erleben in der Welt.

Ich empfinde Margots Bescheidenheit und ihre Selbstzurücknahme bedrückend. Wo hat sie bloß ihre Emotionen gelassen, ihre eigenen Wünsche, die Wut, die sie auf diese offensichtlich so viel vitalere Schwester doch manchmal gehabt haben muß? Anne schreibt in einem ihrer letzten Einträge, am 6. Juli 1944: *Immer wieder höre ich sowohl von Margot als auch von Peter: »Ja, wenn ich so stark und mutig wäre wie du, wenn ich so meinen Willen durchsetzen könnte, wenn ich so eine ausdauernde Energie hätte, ja, dann...!«*

Margot hat also durchaus gewußt, daß sie nicht dazu fähig war, ihre ›andere‹ Seite auszuleben, doch es fehlte ihr entweder der Wille oder die Energie, diesen Zustand zu ändern. Vielleicht wäre sie ganz anders geworden, wenn sie Freundinnen und Freunde gehabt hätte, eine Ermunterung durch ein normales gesellschaftliches Leben in der Schule und in der Freizeit. Und wenn nicht, dann wäre sie bei so viel Selbstaufopferung bestimmt eine gute Säuglingsschwester in Palästina geworden.

## 12

*Ich habe mir ein
Traumbild geschaffen*

# Peter

Auch von Peter, dem realen Peter van Pels, seinen Vorlieben, Gedanken und Gefühlen erfährt man nicht viel aus Annes Tagebuch. Anne hat sich ›ihren‹ Peter, den Jungen, den sie brauchte, weil sie unbedingt eine Liebesgeschichte erleben wollte, erfunden. (Auch das ein poetischer Akt, wenn man so will. Sein Blick, sein Lächeln, seine Schweigsamkeit genügten ihr, um sich daraus einen Menschen mit jenem seelischen Reichtum zu schaffen, nach dem sie sich sehnte. Doch der Reihe nach, denn dazu kam es erst später, im Jahr 1944.)

Der wirkliche Peter, der nichterfundene, war laut Miep Gies ein gutaussehender, kräftig gebauter Junge mit dichtem dunklen Haar, verträumten Augen (was immer das heißen mag) und freundlichem Wesen. Er war ebenso unauffällig und unaufdringlich wie Margot, sehr in sich gekehrt, blieb stets im Hintergrund. Er war ein begeisterter Bastler und verkroch sich häufig auf dem Dachboden, wo er sich eine Werkstatt eingerichtet hatte. Erst nach zwei Dritteln ihres Buches erzählt Miep etwas Persönliches über ihn: Kurz vor Annes fünfzehntem Geburtstag habe er ihr ein bißchen Geld in die Hand gedrückt und sie gebeten, für Anne einen hübschen Blumenstrauß zu besorgen. Da sei ihr zum erstenmal bewußt geworden, wie stark und kräftig er aussah, wie hübsch gelockt sein braunes Haar gewesen sei. Ein reizender Junge, habe sie gedacht. (Diese Aussage könnte schon von jenem Bild von Peter, das Anne in ihrem Tagebuch geschaffen hat, gefärbt beziehungsweise überlagert sein.) Die auffallendsten Eigenschaften Peters scheinen jedenfalls Zurückhaltung und Schweigsamkeit gewesen zu sein. (Damit bot er Anne natürlich die ideale Voraussetzung, etwas in ihn hineinzudenken.

Jemand, der wenig sagt, könnte ja die erhabensten Gedanken denken, jedenfalls liefert er keine Gegenbeweise.)

Gleich nach seiner Ankunft bezeichnete ihn Anne als einen ziemlich langweiligen und schüchternen Lulatsch von noch nicht sechzehn, von dem nicht viel zu erwarten sei. Auch eine Woche später fand sie ihn noch immer nicht netter. Sie nahm ihn nicht ernst, machte sich lustig über seine angebliche Hypochondrie, sagte ihm eine etwas unglückliche Liebe zu Fremdwörtern nach, beklagte sich darüber, daß er und Margot überhaupt nicht das seien, was man jung nenne, sondern langweilig und still. Die beiden wurden ihr immer wieder als Vorbild hingestellt, was sie *gräßlich* fand. (Zurückhaltung und unauffälliges Verhalten müssen im Hinterhaus, unter diesen beengten Verhältnissen, noch höher bewertete Tugenden gewesen sein als unter normalen Bedingungen. Probleme gab es ja genug, auch ohne vorlaute, aufdringliche Kinder.)

Peter machte keinen Ärger und wurde für niemanden zu einem Problem, wenn man von einigen relativ harmlosen Auseinandersetzungen mit seinen Eltern absieht, zum Beispiel als er ein bestimmtes Buch nicht lesen durfte und es heimlich doch tat. Ansonsten ging er Streitereien aus dem Weg, war von allen Hinterhausbewohnern am wenigsten in das ständige Gezanke verwickelt.

Ob Peter für sich selbst ein Problem war, geht aus dem Tagebuch nicht hervor. Anne bemerkte anläßlich des ersten lauten Streits von Herrn und Frau van Pels am 2. September 1942 lediglich: *Für Peter ist es natürlich unangenehm, er steht doch dazwischen.* Diese Anteilnahme, die man noch als mitleidig deuten könnte, löst sich allerdings sofort wieder in Luft auf: *Aber er wird von niemand mehr ernst genommen, weil er schrecklich zimperlich und faul ist.* Ob sich dieses »faul« aufs Arbeiten oder Lernen bezieht, wird nicht ganz klar. Immerhin scheint sich Peter auf eine ruhige und praktische Art um alles mögliche gekümmert zu haben. Anne erwähnte – beiläufig und ohne es besonders zu würdigen –, daß er ein Polster auf die Kante eines Türstocks genagelt habe, weil sich alle den Kopf daran stießen. Er schleppte Säcke mit Bohnen nach oben, er holte Kartoffeln, er machte Kontrollgänge im Lager, er hackte Holz. Und er sorgte offenbar zuverlässig für seine Katze Mouschi.

Peter kommt bis 1944 eher selten in Annes Tagebuch vor, eigentlich nur dann, wenn er die Hauptrolle in Episoden spielte, die sie witzig fand. Ihre Bemerkungen über ihn sind häufig abfällig, sie macht sich lustig über ihn. Doch einmal immerhin erwähnt sie eine Gemeinsamkeit zwischen ihm und ihr: Beide verkleideten sie sich gerne und brachten damit die anderen zum Lachen. Frühe Annäherungsversuche von seiner Seite wehrte sie ab, beziehungsweise sie verstand sie gar nicht. Er streichele ihr so oft über die Wange, erzählte sie seinen Eltern, und das möge sie nicht.

Wie hielt es Peter mit dem Lernen und Lesen? Auch er war in Otto Franks Lernpläne eingebunden, obwohl er bestimmt nicht mit dem gleichen Vergnügen geistig arbeitete wie Anne und Margot. Am 21. September 1942 notiert Anne: *Peter hat seufzend seine Englischaufgaben wieder aufgenommen.* (Mit zwei geistig so regen Mädchen wie Margot und Anne vor Augen wird es auch schwer gewesen sein, eine eigene Motivation zum Lernen zu entwickeln. Gegen die beiden muß er sich zwangsläufig tumb und täppisch vorgekommen sein.) Unter der Überschrift *Wofür sich die Bewohner des Hinterhauses interessieren* steht zu Peter van Pels: *Lernt Englisch, Französisch (schriftlich), niederländisch Steno, englisch Steno, deutsch Steno, englische Handelskorrespondenz, Holzbearbeitung, Wirtschaftslehre, ab und zu Rechnen; liest wenig, manchmal erdkundliche Sachen.*

An diesem Peter, der in vielem so schwerfällig wirkte, fand Anne lange Zeit überhaupt nichts, etwa anderthalb Jahre lang. Doch dann ist ihr Interesse an ihm schlagartig da, buchstäblich über Nacht gekommen. Ausgelöst durch einen Traum.

Zwar benutzt Anne das Wort ›Träume‹ recht häufig, dann aber im Sinn von Sehnsüchten, Tagträumen, vor sich hinträumen. Über wirkliche Träume berichtet sie auffallend selten. Insgesamt dreimal. Alle drei Träume stammen aus dem Jahr 1944.

Am 6. Januar träumte sie von Peter Schiff. Mit ihm war sie drei
Monate lang befreundet, als sie in die 6. Klasse der Grund-
schule ging. Damals war sie von einer *Kinderverliebtheit*
gepackt, und auch als er sich nicht mehr für sie interessierte,
liebte sie ihn insgeheim weiter und hatte in ihren Phantasien
vor, ihn später zu heiraten (wie sie bereits vor dem Untertauchen in ihr Tagebuch schrieb).
Am 19. Januar berichtet sie von einem zweiten Traum, wieder
von Peter Schiff.
Am 8. März erscheinen zwei Peters, ein kleiner Junge und
Peter van Pels. Dieser Traum legt die Vermutung nahe, daß sie
ihre (wahrscheinlich durch die Erinnerung verklärten) schwärmerischen Gefühle für Peter Schiff und das, was sie für Peter
van Pels empfand, nicht auseinanderhalten konnte.
Der wichtigste Traum war der vom 6. Januar. Sie hatte geträumt, Peter Schiff habe seine Wange an ihre gelegt, und sie
hatte dabei ein tiefes Glücksgefühl empfunden, das auch noch
anhielt, als sie aufwachte. Während der ganzen Zeit hatte sie
nicht mehr an Peter Schiff gedacht, und nun war sie ganz erfüllt
von einem schwärmerischen Gefühl von Liebe.
Das war der Traum, den sie nicht mehr vergaß, er wurde zum
Leitbild ihrer Gefühle und Gedanken. Dabei spielt es keine
Rolle, ob er aus einem erwachenden Bedürfnis nach Zärtlichkeit und Nähe geboren war oder ob er dieses Bedürfnis erst
geweckt hat, wichtig ist nur, daß sie sich durch diesen Traum
ihrer eigenen Sehnsüchte bewußt wurde. Welchen Stellenwert
sie ihm selbst einräumte, läßt sich an zwei Aussagen erkennen:
Am 22. Januar 1944, also knapp zwei Wochen später, schreibt
sie: *Es kommt mir vor, als wäre ich seit meinem Traum älter
geworden, eine eigenständigere Person.* Und zwei Monate später, am 7. März 1944: *Nach Neujahr dann die zweite große
Veränderung, mein Traum...* (Die zweite große Veränderung
nach der ersten, dem *plötzlichen Übergang*, dem Beginn des
Untertauchens. Stärker hätte sie die Wichtigkeit dieses
Traums nicht betonen können.)
Und welche Folgen er hatte, sieht man an dem, was sie am Tag
nach der Traumnacht in ihr Tagebuch schrieb: *Mein Verlangen,*

*mit jemandem zu sprechen, wurde so groß, daß es mir irgendwie
in den Kopf kam, Peter dafür auszuwählen. Wenn ich manchmal in Peters Zimmerchen kam, bei Licht, fand ich es dort
immer sehr gemütlich, aber weil er so bescheiden ist und nie
jemanden, der lästig wird, vor die Tür setzt, traute ich mich nie,
länger zu bleiben. Ich hatte Angst, daß er mich schrecklich
langweilig finden könnte.*

Eine derart freundliche Beschreibung Peters ist in allen Einträgen davor nicht zu finden, übrigens auch nichts von ihren
Bedenken, sie könne ihm lästig fallen. Bis dahin hielt sie sich
selbst für interessant und Peter für langweilig. Nun kommt er
zumindest dafür in Betracht, ihr Verlangen nach einem Ver-
trauten zu erfüllen.

Über den zweiten Traum, wieder von Peter Schiff, schreibt sie
nur, er sei *nicht so schön und auch nicht so klar wie der vorige*
gewesen. Im dritten dann kommt ein weiterer Peter ins Spiel.
Unter dem Datum 8. März steht: *Etwas habe ich Margot nicht
geschrieben, aber Dir will ich es bekennen, Kitty, nämlich daß
ich sehr viel von Peter träume. Vorgestern nacht war ich im
Traum hier, in unserem Wohnzimmer, auf dem Eis. Mit mir war
der kleine Junge von der Kunsteisbahn, der mit seinem Schwe-
sterchen in dem ewigen blauen Kleid und den Storchenbeinen
hier lief. Ich stellte mich ihm geziert vor und fragte nach seinem
Namen. Er hieß Peter. Schon im Traum fragte ich mich, wie
viele Peters ich nun kenne.*

*Dann träumte ich, daß wir in Peters Zimmer standen, einander
gegenüber. Ich sagte etwas zu ihm, er gab mir einen Kuß. Aber
er sagte, daß er mich doch nicht so gern hätte und ich nicht flirten
sollte. Mit einer verzweifelten und flehenden Stimme sagte ich:
»Ich flirte nicht, Peter!«*

*Als ich wach wurde, war ich froh, daß Peter das nicht gesagt
hatte.*

*Heute nacht küßten wir uns auch. Aber Peters Wangen waren
sehr enttäuschend. Sie waren nicht so weich, wie sie aussehen,
sondern wie Vaters Wangen, also die eines Mannes, der sich
schon rasiert.*

Anne Frank träumte also von Zärtlichkeit und körperlicher

Nähe. Doch im Hinterhaus gab es nur einen Jungen, Peter,
den realen Peter, mit dem sie ihre so plötzlich und vehement
erwachten emotionalen und sexuellen Bedürfnisse ausleben
konnte.

Ganz so kraß konnte sie sich das natürlich nicht eingestehen,
das hätte ihrer Erziehung und ihrem durchaus bürgerlichen
Empfinden für das, was sich gehört, arg widersprochen. Sie
mußte sich also in Peter verlieben, damit sie es sich erlauben
konnte, diese Hemmschwelle zu überschreiten. Und sie mußte
ihn hochstilisieren, damit sie sich in ihn verlieben konnte.
(Kein ungewöhnliches Verhaltensmuster, auch heute nicht!)
Am 6. Januar gesteht sie Kitty: *Man tut eine Menge, um seine
Wünsche zu befriedigen, das siehst du an mir. Denn ich nahm
mir vor, mich öfter zu Peter zu setzen und ihn auf irgendeine Art
zum Sprechen zu bringen.*

Und sie schaffte es. Sie schaffte es nicht nur, Peter zu sich
heranzuziehen, es gelang ihr auch, eine eher profane Geschichte zwischen einem sexuell unerfahrenen Mädchen und
einem sexuell unerfahrenen Jungen, die es aus Mangel an anderen Möglichkeiten ›eben mal miteinander probieren‹, in
eine wirkliche Liebesgeschichte mit Höhen und Tiefen, mit
Gefühlstumulten und Momenten überschwappenden Glücks
zu verwandeln.

Ich nehme an, es fragt sich jeder, egal ob fünfzehn, fünfund-
zwanzig oder fünfundsechzig, beim Lesen dieser Liebesgeschichte, die keine war und doch eine war (in Annes Kopf
nämlich), was die beiden nun wirklich miteinander gemacht
haben. (Diese Frage nach dem sexuellen Aspekt der Beziehung ist nicht nur naheliegend, sondern auch legitim, weil es
sich dabei ganz offensichtlich um für Anne sehr wichtige Er-
lebnisse gehandelt hat, die unbedingt zu ihrer Lebensgeschichte dazugehören.)

Folgt man dem Tagebuch, dann war es ja keineswegs so, daß
Anne und Peter auf dem Dachboden nur verträumt beieinan-
der gesessen hätten, Hand in Hand oder Arm in Arm. Sie sind
sehr schnell weiter gegangen, wenn auch zunächst nur verbal.
Sie redeten über die Geschlechtsteile von Männern und Frau-

en, scheinbar allgemein, genaugenommen aber doch über die eigenen. Es war das altbekannte Kinderspiel ›Ich-zeig-dir-meins-und-du-zeigst-mir-deins‹, nur übertragen auf die sprachliche Ebene. Ein hocherotisches Spiel, bei zwei jungen Leuten, die keine Kinder mehr waren. (Verbalerotik also, die Anne auch auf der literarischen Ebene faszinierte, wie man an ihrem Eintrag vom 24. März 1944 sehen kann, in dem sie, probeweise, die äußeren weiblichen Geschlechtsteile beschreibt. Das war zu einer Zeit, als es die entsprechende Frauenliteratur noch nicht gab, eine ganz und gar originäre Leistung!)

Aber die beiden gingen noch weiter. Viel spricht dafür, daß es zwischen Anne und Peter zu einer Art Petting gekommen ist. Nicht zu der direkten, ausgiebigen Spielart, dafür war, trotz aller Erregung auf beiden Seiten, die Scheu wohl doch zu groß. Es wird (für ihn) gereicht haben, daß sie sich aneinanderdrückten und (für sie) daß er sie vielleicht nur kurz berührte. Ich nehme jedenfalls an, daß Anne einen Orgasmus erlebt hat, physisch, nicht nur im Kopf, sonst hätte sie den Eintrag vom 28. April 1944, auf den sich meine Vermutung stützt, anders formuliert.

Anne befand sich an diesem Abend in einem Zustand höchster körperlicher und seelischer Erregung. Sie hatten, umarmt, auf der Couch gelegen, *da glitt die normale Anne plötzlich weg, und dafür kam die zweite Anne, die nicht übermütig und witzig ist, sondern nur liebhaben will und weich sein. Ich lehnte mich fest an ihn und fühlte die Rührung in mir aufsteigen. Tränen sprangen mir in die Augen... [...] Um halb neun stand ich auf und ging zum Fenster. [...] Ich zitterte noch, ich war noch Anne Nummer zwei. [...] Taumelnd drückten wir uns aneinander, noch einmal und noch einmal, um nie mehr aufzuhören!*

Im selben Eintrag finden sich auch noch folgende Sätze, die eigentlich kaum verhüllen, von welcher Art das Erlebnis war, das Anne so erschüttert hat: *Ist es richtig, daß ich so schnell nachgebe, daß ich so heftig bin, genauso heftig und verlangend wie Peter? Darf ich, ein Mädchen, mich so gehenlassen? [...] Jeden Abend, nach dem letzten Kuß, möchte ich am liebsten*

*wegrennen, ihm nicht mehr in die Augen sehen, nur weg, weg in
die Dunkelheit und allein sein.* [...] *Mein Herz ist noch zu
weich, um so einen Schock wie gestern abend einfach zur Seite
zu schieben.* [...] *Peter hat mich berührt, tiefer, als ich je in
meinem Leben berührt wurde, außer in meinem Traum! Peter
hat mich angefaßt, hat mein Inneres nach außen gekehrt.*

Das Erlebnis war groß genug, um Anne in ihrem Selbstbild zu
erschüttern und sie in einen tiefen moralischen Zwiespalt zu
stürzen. Dies zeigt der Schluß des Eintrags: *Bin ich wirklich
erst vierzehn? Bin ich wirklich noch ein dummes Schulmäd-
chen? Bin ich wirklich noch so unerfahren in allem? Ich habe
mehr Erfahrung als die anderen, ich habe etwas erlebt, was fast
niemand in meinem Alter kennt.*

*Ich habe Angst vor mir selbst, habe Angst, daß ich mich in
meinem Verlangen zu schnell wegschenke. Wie kann das dann
später mit anderen Jungen gutgehen? Ach, es ist so schwierig,
immer gibt es das Herz und den Verstand, und jedes muß zu
seiner Zeit sprechen. Aber weiß ich sicher, daß ich die Zeit
richtig gewählt habe?*

Diese Zitate scheinen meine Vermutung zu bestätigen: Anne
Frank erlebte den ersten Orgasmus ihres Lebens und erschrak
bis ins Innerste, im wahrsten Sinn des Wortes. Doch ihre ganze
Erziehung, ihre Vorstellung von dem, was sein darf (nicht davon, was sich schickt, dafür war sie ohnehin zu mutig und zu
stark), hinderte sie daran, dieses Erlebnis unverschlüsselt auf-
zuschreiben. (Von ihrer Formulierungsgabe her hätte sie es auf
jeden Fall gekonnt, wie ihre Beschreibung der Genitalien beweist.)

Einerseits scheint sie das Erlebnis in höchstem Maße genossen
zu haben, andererseits war sie alles andere als einverstanden
damit, und zwar vor allem aus zwei Gründen. Die Veränderung, die sich da mit ihr vollzog, ging ihr zu weit. Ihre Gefühle
und ihr Verlangen hatten sie überwältigt, sie fürchtete um ihre
Eigenständigkeit und Selbstkontrolle, die in dieser schwierigen Zeit ihr wichtigster Halt waren. Außerdem rief sie sich ins
Bewußtsein, daß ihre Gefühle für Peter nicht wirklich groß
genug waren, um eine so intensive sexuelle Beziehung zu

rechtfertigen. Ihr fiel wieder ein, daß sie sich zu Peter eigentlich erst hatte überreden müssen.

Die Beziehung war von Anne initiiert, von Anne bestimmt, wurde von ihr gelebt. Doch auf dem Höhepunkt ihrer Gefühle tauchten Zweifel bei ihr auf, meldeten sich höhere Ansprüche. In ihrem Eintrag vom 28. April 1944 fragt sie sich, ob sie ihn heiraten würde, wenn sie älter wäre. Und sie beantwortet diese Frage ehrlich mit einem Nein. Er habe zuwenig Charakter, zuwenig Willensstärke, zuwenig Mut und Kraft. Er sei noch ein Kind, innerlich nicht älter als sie. Er wolle nur Ruhe und Glück. Tatsächlich war sie, obwohl dem Alter nach jünger, sicher reifer als er, auf jeden Fall war sie viel stärker. (Woher hatte sie nur diese unbegreifliche Sicherheit, dieses Bewußtsein ihres Wertes? Sie wußte, wer sie war, wer sie sein wollte und sein konnte. Ihr geradezu heroischer Kampf damit, ihre emotionalen und sexuellen Bedürfnisse und ihre intellektuellen Forderungen mit der Realität in Einklang zu bringen, gehört zu dem Schönsten, was ich von einem so jungen Mädchen gelesen habe.)

Trotz all der Anspannung, Aufregung und den neuen Erfahrungen fand Anne die Kraft und notwendige Reife, sich von Peter zu lösen. Sie hätte durchaus die Möglichkeit gehabt, ein Spiel zu spielen, das Vergnügen und Abwechslung in ihr eintöniges Leben gebracht hätte. Doch sie widerstand dieser Versuchung und blieb ihrem selbstgesetzten Ziel ›Charakterstärke‹ treu. Am 19. Mai schreibt sie an Kitty: *Ich stehe nach meiner mühsamen Eroberung ein bißchen über der Situation, aber glaube ja nicht, daß meine Liebe abgeflaut ist. Er ist ein Schatz, aber mein Inneres habe ich schnell wieder zugeschlossen.*

Und am Dienstag, dem 13. Juni, findet sich folgende Aussage: *Manchmal denke ich, daß mein schreckliches Verlangen nach ihm übertrieben war. Aber es ist nicht so. Wenn ich mal zwei Tage nicht oben war, sehne ich mich wieder genauso heftig nach ihm wie zuvor. Peter ist lieb und gut, trotzdem, ich darf es nicht leugnen, enttäuscht mich vieles. Vor allem seine Abkehr von der Religion, seine Gespräche über Essen und noch andere widersprüchliche Dinge gefallen mir nicht. Trotzdem bin ich fest davon überzeugt, daß wir nach unserer ehrlichen Abmachung nie Streit bekommen werden. Peter ist friedliebend, verträglich und sehr nachgiebig.*

Streit haben sie nicht bekommen, natürlich nicht. Dazu war Peter bestimmt allzu *friedliebend, verträglich und nachgiebig.* Anne wollte Kampf, auch in der Beziehung. Sie wollte an einem Partner wachsen und stärker werden. Peter war nicht in der Lage, dieser Partner zu sein, damit war er hoffnungslos überfordert. Es spricht für Anne, daß sie ihre Enttäuschung nicht an ihm ausließ, daß sie ihm nicht die Schuld gab und ihn nicht verspottete. Im Gegenteil, sie machte sich Sorgen um ihn, überlegte, wie sie ihm helfen könnte, stärker zu werden. Ich glaube nicht, daß sie Peter weh getan hat.

Peter wird, denke ich, höchstens eine leichte Irritation empfunden haben, weil Annes Begeisterung so schnell wieder verblaßte. Sie hat ihn jedenfalls nicht im Stich gelassen, und er wird sich bestimmt weniger einsam gefühlt haben als vorher. Wie klar Anne selbst ihre Beziehung zu Peter sah, beweist ihr Eintrag vom 15. Juli, der letzte, in dem Peter vorkommt. *Nein, noch viel mehr als über Vater denke ich über Peter nach. Ich weiß sehr gut, daß ich ihn erobert habe statt umgekehrt. Ich habe mir ein Traumbild von ihm geschaffen, sah ihn als den stillen, empfindsamen, lieben Jungen, der Liebe und Freundschaft dringend braucht! Ich mußte mich mal bei einem lebendigen Menschen aussprechen. Ich wollte einen Freund haben, der mir wieder auf den Weg half. Ich habe die schwierige Arbeit vollbracht und ihn langsam, aber sicher für mich gewonnen.*

*Als ich ihn schließlich zu freundschaftlichen Gefühlen mir gegenüber gebracht hatte, kamen wir von selbst zu Intimitäten, die mir nun bei näherer Betrachtung unerhört vorkommen. Wir sprachen über die geheimsten Dinge, aber über die Dinge, von denen mein Herz voll war und ist, haben wir bis jetzt geschwiegen. Ich kann noch immer nicht richtig klug werden aus Peter. Ist er oberflächlich, oder ist es Verlegenheit, die ihn sogar mir gegenüber zurückhält? Aber abgesehen davon, ich habe einen Fehler gemacht, indem ich alle anderen Möglichkeiten von Freundschaft ausgeschaltet und versucht habe, ihm durch Inti-*

*mitäten näherzukommen. Er hungert nach Liebe und mag mich jeden Tag mehr, das merke ich gut. Ihm geben unsere Treffen Befriedigung, bei mir führen sie nur zu dem Drang, es immer wieder aufs neue mit ihm zu versuchen und nie die Themen zu berühren, die ich so gerne ansprechen würde. Ich habe Peter, mehr als er selbst weiß, mit Gewalt zu mir gezogen, jetzt hält er sich an mir fest, und ich sehe vorläufig kein geeignetes Mittel, ihn wieder von mir zu lösen und auf eigene Füße zu stellen.* (Sie war knapp fünfzehn Jahre alt, als sie das schrieb! Ein Alter, in dem sie, wäre sie in eine andere Zeit hineingeboren worden, vielleicht die Tanzstunde besucht hätte, mit einem ›Verehrer‹ ins Kino gegangen wäre, mit Freundinnen über Liebe und Jungen geredet und gekichert hätte.)

Darüber, wie Peter die ganze Geschichte sah, kann man nur spekulieren. Er war Annes ›Opfer‹, auch wenn es ihm gutgetan haben wird. Fast alle Aussagen, die Anne von ihm wiedergibt, waren von ihr provoziert, ihm fast in den Mund gelegt. Er scheint nicht wirklich in sie verliebt gewesen zu sein, davon kann man, glaube ich, ausgehen, sonst wäre er aktiver gewesen und hätte weiter um sie geworben. Sie reizte ihn, das heißt, sie reizte seine sexuelle Neugier, ein Gefühl, das auch bei ihm drängend gewesen sein muß. Sie gefiel ihm sicher, er wird sie bewundert und auch ein wenig gefürchtet haben. Und ihre Neigung für romantische Stimmungen ist seiner eigenen wohl entgegengekommen. Er war kein Macker, kein Macho-Typ. Auch ihm wird es gefallen haben, händchenhaltend dazusitzen und den Mond anzuschauen.

Doch abgesehen davon bleibt der wirkliche Peter als Person blaß, und auch der erfundene Peter, das Traumbild, wird nicht besonders lebendig. Dazu war Anne in ihrem Tagebuch wohl doch etwas zu sehr auf sich selbst konzentriert, notwendigerweise. Wer aber bei der ganzen Geschichte besonders gut zum Vorschein kommt, ist Anne Frank selbst, mit ihrer Sehnsucht nach Emotionen und ihren inneren Kämpfen. Sie gewann den Kampf, den um Peter und den um sich selbst. Sie gewann fast alle Kämpfe, die ihr wichtig waren, nur einen nicht, den wichtigsten.

# 13

*Sie stehen immer*
*und überall für uns bereit*

# Die Helfer

Wer waren nun die Menschen, die über zwei Jahre lang für die acht Juden im Hinterhaus sorgten, ihnen halfen, wo es nur ging, sie aufmunterten, trösteten und für sie da waren? Was hat sie dazu gebracht, ihr Leben für Mitmenschen zu riskieren, in einer Zeit, in der andere bereit waren, Kopfgeld für den Verrat versteckter Juden zu kassieren? (In einem Buch von Jacques Presser fand ich den Abdruck eines Formulars in deutscher Sprache: Ein niederländischer Staatsbürger ›übergibt‹ fünf Juden, eine Familie mit drei Kindern, 11, 14 und 17 Jahre alt, an die Zentralstelle für jüdische Auswanderung. Das untere Viertel des Formulars nimmt eine vorgedruckte Empfangsbescheinigung mit folgendem Text ein: »Von der Zahlstelle des B.d.S. – Aussenstelle Amsterdam – habe ich 37,50 Gulden – in Worten Sieben und Dreißig Gulden erhalten. Dieser Betrag ist vorschussweise aus Judenvermögen gezahlt worden.«[52])

Die vier Helfer im engeren Sinn arbeiteten schon jahrelang als Angestellte in Otto Franks Firma, es waren Miep Gies, Bep Voskuijl, Victor Kugler und Johannes Kleiman; dazu kam noch Jan Gies, den Miep 1941 geheiratet hatte.*

Welche Rolle jeder einzelne für die Untergetauchten gespielt hat, läßt sich nicht mehr feststellen. Andere Dokumente als Annes Aufzeichnungen gibt es nicht. Man kann zwar zählen, wie häufig die Namen der einzelnen Helfer im Tagebuch auftauchen, doch das läßt nur Rückschlüsse darauf zu, wie Anne selbst die jeweilige Person wahrgenommen hat, und nicht dar-

---

* Hinweise zur Person der einzelnen Helfer und einige biographische Angaben zu ihrem Leben vor und nach der Untertauchzeit findet man in der Kritischen Ausgabe und in Mieps Buch »Meine Zeit mit Anne Frank«. Einige Informationen enthält auch »Anne Frank. Spur eines Kindes« von Ernst Schnabel.

auf, wieviel die einzelnen Helfer für die Versteckten tatsächlich getan haben. (Die Reihenfolge, in der ich mich den Helfern zuwende, ist also nicht wertend gemeint.)

### *Victor Kugler, geboren 1900 in Hohenelbe*

Er war ursprünglich Österreicher, erhielt aber 1938 die niederländische Staatsbürgerschaft. Miep beschreibt ihn als gutaussehend, stämmig und dunkelhaarig, korrekt, höflich und immer ernst, ein Mann, der eifrig seiner Arbeit nachging.[53] Er war fast von Anfang an in der Firma und arbeitete als Otto Franks rechte Hand. (Später, nach dem Eintritt van Pels' in die Firma, arbeitete er vor allem mit diesem zusammen.) Er war verheiratet und kinderlos. Miep betont, daß er den Angestellten gegenüber fair war, doch im übrigen etwas starr in seinen Ansichten.

Kugler spielte eine wichtige Rolle in der Geschichte des Hauses an der Prinsengracht. Zusätzlich zu der Verantwortung für die Untergetauchten mußte er, zusammen mit Kleiman, dafür sorgen, daß die Firma weiterlief. Vom Organisatorischen blieb offenbar viel an ihm hängen, und er scheint sich sehr um die Sicherheit der Untergetauchten gesorgt zu haben. Er ließ beispielsweise auch das drehbare Regal, das durch einen verborgenen Haken arretiert werden konnte, vor der Tür zum Hinterhaus anbringen, um es vor den Blicken und dem Zutritt Unbefugter zu schützen. (Schließlich waren da nicht nur die Lagerarbeiter, die von den Untergetauchten nichts wußten, sondern es kamen immer mal wieder Besucher ins Haus, Kunden, die Putzfrau, der Steuerberater und so weiter.)

Anne Frank sagt nicht viel Persönliches über Victor Kugler. Er kann jedoch während der Untertauchzeit nicht (oder nicht mehr) so steif und formell gewesen sein, wie Miep ihn anfänglich beschrieben hat, denn Anne erzählt am 5. August 1943, in der Mittagspause komme er *holterdipolter* die Treppe herauf, *je nach Stimmung gut gelaunt und geschäftig oder schlecht gelaunt und still.*

Er war freundlich und hilfsbereit und brachte ihr jeden Montag die Zeitschrift »Cinema & Theater«, worüber sie sich, bei ihrem Interesse für Kino und Filmschauspieler, sehr freute. Daß er auch an die anderen gedacht hat, erwähnt sie beiläufig am 18. April 1944: *Und Herr Kugler versorgt uns immer besser mit Zeitungen.* Einer anderen, ebenso beiläufigen Bemerkung kann man entnehmen, daß es aus geschäftlichen Gründen wohl öfter zu Differenzen zwischen Kugler und van Pels gekommen ist: In der Erzählung »Die Freiheit im Hinterhaus« schreibt Anne: *Er* [van Pels] *hat sich bestimmt wieder über irgendeine Dummheit von Kugler aufgeregt.*

Kugler trug einen Großteil der Verantwortung für die Untergetauchten, das bestätigt auch Anne Frank. Am 26. Mai 1944 notiert sie: *Miep und Kugler spüren am stärksten die Last, die wir ihnen machen. Miep durch ihre Arbeit und Kugler durch die kolossale Verantwortung für uns acht, eine Verantwortung, die ihm manchmal zu groß wird. Dann kann er fast nicht mehr sprechen vor unterdrückter Nervosität und Aufregung.*

Diese Aussage machte mich stutzig. Ein Mensch, der fast nicht mehr sprechen kann vor unterdrückter Nervosität und Aufregung? Keiner der anderen scheint so augenfällig auf den Druck und die Angst reagiert zu haben. Bei meinen Überlegungen stieß ich auf eine Merkwürdigkeit: Kuglers Frau taucht an keiner Stelle des Tagebuchs auf. Auch Miep erwähnt nur, daß Kugler nach seiner Flucht aus dem Lager, in das er nach der Verhaftung der Untergetauchten eingesperrt worden war, bis zur Befreiung der Niederlande in seiner eigenen Wohnung versteckt gelebt habe und von seiner Frau versorgt worden sei. Ernst Schnabel hingegen berichtet in »Spur eines Kindes« von einem Brief, in dem Kugler folgende Episode erzählt habe: »Meine Frau und ich besuchten die Franks noch einmal in ihrer Wohnung am Merwedeplein, ehe sie untertauchten. Auch andere Freunde waren gekommen. Beim Abendessen saßen Anne und meine Frau nebeneinander. Sie sprachen eifrig miteinander, denn sie verstanden sich gut. Dann kam die Suppe. Anne erzählte meiner Frau gerade irgend etwas. Plötzlich hielt sie ein und schwieg und sah meiner Frau in die Augen, und

auch meine Frau ließ den Löffel sinken und sah Anne an und
sagte nichts, und es ging lange hin und her zwischen den beiden, das Schweigen und Sich-Anschauen, bis Anne uns mit
einem Male ansah und laut sagte: ›Jetzt haben Frau Kraler
[Kugler] und ich miteinander gesprochen, und keiner hat es
gehört...‹«[54]
Eine hübsche Geschichte, die man sich bei Anne leicht vorstellen kann. Aber wenn Kuglers Frau und Anne sich so gut
verstanden haben, warum hat er dann den Untergetauchten
gegenüber nie etwas von ihr erzählt? Wenn er öfter von ihr
gesprochen hätte, hätte Anne das bestimmt irgendwann in
ihrem Tagebuch erwähnt. Hat er seiner Frau gegenüber verschwiegen, daß im Hinterhaus seiner Firma untergetauchte
Juden lebten? Wenn ja, warum? Um sie nicht zu beunruhigen?
Um sie nicht zur Mitwisserin zu machen und sie damit zu ge-
fährden? Ist es überhaupt vorstellbar, während des Arbeitsta-
ges sein Leben zu riskieren und das in seinem Privatleben zu
verheimlichen?
Eine derartige Spaltung des Lebens stelle ich mir als fast unerträglich vor. Wenn er tatsächlich keine Möglichkeit hatte,
mit seiner Frau über die problematische und gefahrvolle Situation an der Prinsengracht zu sprechen, wenn er ständig
darauf achten mußte, daß ihm kein verräterisches Wort über
die Lippen kam, dann muß der Druck, unter dem er stand,
immer größer geworden sein. So wird die Entwicklung verständlich, die zwischen den beiden Einträgen vom 5. August
1943 (da kam Kugler holterdipolter die Treppe herauf und war,
je nach Stimmung, gut gelaunt und geschäftig) und vom 26.
Mai 1944 (da kann er manchmal fast nicht mehr sprechen vor
unterdrückter Nervosität und Aufregung) stattgefunden haben muß.
Kugler hatte Angst. Er war sich der Gefahr, in der er und die
anderen schwebten, ständig bewußt. Das kann man auch
daran erkennen, wie sorgfältig er darauf achtete, daß die Untergetauchten nicht unvorsichtig waren. Wenn sie doch etwas
Dummes getan hatten, wurde er wütend und machte ihnen
Vorwürfe. Bei einem so formellen und höflichen Menschen

darf man das wohl als Ausdruck ständig unterdrückter Angst werten. Um so bewundernswerter ist seine stets zuverlässige Hilfsbereitschaft. Seine loyale Haltung scheinen weder er selbst noch alle anderen je in Frage gestellt zu haben. Aus welchen Gründen er half, kann man nicht wissen. Doch er scheint kein persönlicher Freund wie Kleiman oder Miep und Jan Gies gewesen zu sein, der gesellschaftliche Umgang zwischen den Franks und den Kuglers war eher formell als freundschaftlich. Ich gehe davon aus, daß Victor Kugler ein mitfühlender, anteilnehmender Mensch war, der andere nicht im Stich ließ, wenn sie in Not gerieten, auch wenn das bis an die Grenze seiner psychischen Belastbarkeit ging.

*Johannes Kleiman, geboren 1896 in Koog an der Zaan*

Er war ein enger Freund der Franks und kannte Otto Frank noch aus der Zeit, als dieser zum erstenmal in Amsterdam gewesen war und versucht hatte, eine Filiale der Bank aufzubauen. Kleiman hatte bereits die Buchhaltung für Otto Frank gemacht, bevor er, ungefähr zur gleichen Zeit wie van Pels, fest in die Firma eintrat.

Miep beschreibt ihn als einen Mann in mittleren Jahren, von zerbrechlicher Statur, blaß, mit feinen Zügen und einer sehr schmalen Nase, auf der eine Brille mit großen, dicken Gläsern saß. Sie empfand ihn als jemanden, dem man sofort Vertrauen und Zuneigung entgegenbrachte, und ihre Beziehung zu ihm gestaltete sich dementsprechend herzlich.[55] Von Kleiman stammte auch, wie Miep von Herrn Frank erfuhr, die Idee für das Versteck.

Kleiman war immer da, wenn er gebraucht wurde. So war es zum Beispiel er, der Pfeffer an einem verabredeten Platz abholte und ins Hinterhaus brachte. Mit ihm besprach Otto Frank die geschäftlichen Probleme. Kleiman war es auch, der Kleidung und Wertsachen verkaufte, wenn den Untergetauchten das Geld ausging, etwa den Pelzmantel von Frau van Pels. Er besorgte neue Federn für Peters Bettcouch, er lieh für Anne

Mädchenbücher aus, er brachte seinen Freunden einen kleinen Radioapparat, damit sie nicht ganz von der Welt abgeschnitten waren, als der große, der bis dahin in Otto Franks Büro gestanden hatte, abgeliefert werden mußte. Er streute Flohpuder, als das Hinterhaus von Flöhen heimgesucht wurde. Er stand zur Verfügung, wenn kleine Überraschungen für Geburtstag oder Nikolaus geplant wurden. Kleiman erzählte den Untergetauchten von der Welt außerhalb des Hinterhauses und unterhielt sich mit ihnen über die politischen Ereignisse. Ein wichtiger Punkt, wenn man bedenkt, wie wenig Abwechslung sie doch hatten.

Ihm scheint es am besten gelungen zu sein, die Untergetauchten abzulenken und fröhlich zu stimmen. Er unterhielt sie mit Witzen, brachte ihnen kleine Geschenke und Süßigkeiten mit und machte ihnen wieder Mut. Miep schreibt: »Sobald er das drehbare Regal zumachte, ließ er seine Sorgen hinter sich und brachte nichts als Kraft und Aufmunterung mit.«[56] Auch Anne nennt ihn den *Aufheiterer* der Untergetauchten. Am 10. September 1943 notiert sie in ihr Tagebuch: »*Wenn Herr Kleiman hereinkommt, geht die Sonne auf*«, *sagte Mutter gerade neulich, und damit hat sie recht.*

Kein Wunder, daß alle ihn mochten. Etwas Fröhlichkeit brachte Leben ins Haus, und der Mensch lebt nicht von Brot allein. Aber Kleiman war nicht gesund, und das machte den Untergetauchten Sorgen. Immer wieder hatte er Magenblutungen und mußte zu Hause bleiben. Ein Fünftel der Bemerkungen über ihn in Annes Tagebuch betreffen seine Krankheiten. Wie hat er es geschafft, trotz der immer wiederkehrenden Magenblutungen, die manchmal sogar mit Bewußtlosigkeit verbunden waren und ihn oft wochenlang bettlägerig machten, so *fröhlich und bewundernswert tapfer* zu bleiben und Zuversicht zu vermitteln? Johannes Kleiman hatte Familie, eine Frau und eine Tochter. Seine Frau wußte von Anfang an Bescheid. Sie besuchte die Untergetauchten auch, Anne erwähnt ihre Besuche zweimal. Einmal indirekt, am 24. Dezember 1943: *Und* »*zu Tode betrübt*« *überfällt mich zum Beispiel, wenn Frau Kleiman hier gewesen ist und von Jopies*

*Hockeyclub, von Kanufahrten, Theateraufführungen und Tee-*
*trinken mit Freunden erzählt hat.* Und ein zweites Mal direkt,
am 31. Mai 1944: *Nachmittags hat uns Frau Kleiman besucht*
*und eine ganze Menge von Jopie erzählt.* Kleiman selbst sagte
später zu Ernst Schnabel, er habe zum Glück eine Frau gehabt,
die nicht murrte. Allerdings habe sie sich Sorgen um seine
Gesundheit gemacht.[57]
Bestimmt spielte es wirklich eine große Rolle, daß Johannes
Kleiman jemanden hatte, mit dem er über seine Ängste reden
konnte. Er muß viel Angst gehabt haben, auch wenn er sie vor
den Untergetauchten offenbar sehr erfolgreich verbarg, Anne
jedenfalls hat sie nicht bemerkt. Seine häufigen Magenblutungen waren wohl wenigstens teilweise auf die massiven
psychischen Belastungen zurückzuführen, unter denen er gestanden hat. Ein tapferer »Aufheiterer«.

### Elisabeth Voskuijl, genannt Bep, geboren um 1919

Sie trat 1937 als Bürogehilfin in die Firma Otto Franks ein.
Miep beschreibt sie als braunblond, groß und furchtbar
schüchtern.[58] Die beiden mochten sich sofort und freundeten
sich an. (Später wurde auch noch Beps Vater als Lagerarbeiter
eingestellt.)
Neben Miep kümmerte sich Bep vor allem um den Einkauf;
Anne erwähnt zum Beispiel Schreibhefte oder neue Röcke,
die Bep besorgt habe. Einmal ließ sie für Anne eine Ansichts-
karte von der ganzen Königlichen Familie abziehen. (Juliane
sehe darauf sehr jung aus, ebenso die Königin, und die drei
Mädchen seien goldig, kommentierte Anne. Sie fand das *riesig*
*nett* von Bep.) Ein anderes Mal brachte Bep, ohne ersichtli-
chen Anlaß, Blumen mit, drei Sträuße Narzissen und für Anne
Traubenhyazinthen.
Anne und Bep werden sich wohl häufig über Filmschauspieler
unterhalten haben. Bep ging gern ins Kino und sagte Anne
immer schon im vorhinein, in welchen Film sie am Samstag
gehen wolle. Anne rasselte ihr sofort die Hauptdarsteller und

die Kritiken herunter. Auch Miep erzählt, Anne habe sich mit
jedem Zuhörer, den sie finden konnte, über Filme und Filmstars unterhalten. (Seltsam eigentlich, daß sie dabei in ihrem
Schreiben so realistisch blieb. Nichts von Filmromanzen-
Kitsch, was ja auch möglich gewesen wäre.)

Zu Bep war Anne direkter und lockerer als gegenüber den
anderen Helfern, sie erwähnt sie auch häufiger, vielleicht weil
Bep wesentlich jünger war als die anderen Erwachsenen, etwa
zehn Jahre jünger noch als Miep. Anne mochte Bep und reagierte mit Bedauern auf die Nachricht, daß Bep einige Wochen
zu Hause in Quarantäne bleiben müsse, weil ihre kleine
Schwester Diphtherie hatte.

Von keinem anderen Helfer, auch nicht von Miep, erwähnt
Anne so oft wie von Bep, wie er oder sie sich fühlte. Am 9.
Oktober 1942 schreibt sie: *Auch Bep ist still. Ihr Freund muß*
*nach Deutschland.* An einer anderen Stelle erzählt sie, Bep
und sie hätten einander zugezwinkert, als Frau van Pels wieder
mit ihren vielen Wünschen anfing. Das klingt nach gleicher
Wellenlänge und Komplizenschaft.

Unter dem Datum 29. September 1943 berichtet Anne, Bep
habe einen halben Nervenzusammenbruch bekommen, weil
sie so viel einholen mußte und dann auch noch an ihr herum-
gemeckert wurde. *Wenn man dann bedenkt, daß sie auch unten*
*im Büro ihre Arbeit erledigen muß, Kleiman krank ist, Miep zu*
*Hause ist mit einer Erkältung und sie selbst sich den Knöchel*
*verstaucht hat, Liebeskummer und zu Hause einen murrenden*
*Vater hat, dann kann man sich vorstellen, daß sie weder aus*
*noch ein weiß.* (So viele entschuldigende Gründe für den
Unmut eines anderen Menschen überlegte sie sich sonst selten.)

Im Eintrag vom 2. März 1944 wird Annes Solidarisierung mit
Bep besonders deutlich. Bep hatte Frau Frank und Frau van
Pels von ihrer Niedergeschlagenheit erzählt. Anne notiert:
*Was helfen ihr die beiden? Vor allem unsere taktlose Mutter*
*verhilft einem Menschen nur noch tiefer in die Pfütze. Weißt*
*Du, was sie Bep für einen Rat gab? Sie sollte mal an all die*
*Menschen denken, die in dieser Welt zugrundegehen! Wem hilft*

*der Gedanke an Elend, wenn er sich selbst schon elend fühlt?*
*Das sagte ich auch. Die Antwort war natürlich, daß ich bei*
*solchen Dingen nicht mitreden kann! Was sind die Erwachsenen*
*doch idiotisch und blöd. Als ob Peter, Margot, Bep und ich*
*nicht alle dasselbe fühlten!*
Ganz deutlich zählte sie Bep eher zu den Jugendlichen als zu
den Erwachsenen, fühlte sich ihren Problemen nahe. Am 25.
Mai 1944 findet sich eine lange Passage, in der Anne über Bep
und ihren Verlobten referiert und sich überlegt, ob eine Heirat
zwischen den beiden sinnvoll ist. Sie findet den jungen Mann
nicht gut genug für Bep. (Etwas arrogant argumentiert sie da
schon, die Tochter aus gutem Hause!)
Bep Voskuijls Situation war komplizierter, als es auf den ersten Blick scheint, denn eine ihrer Schwestern hatte ein
Verhältnis mit einem SS-Mann.[59] Trotzdem hat sie offenbar
unter der Belastung und der Bedrohung durch die äußeren
Umstände nicht so sehr gelitten wie die anderen. Sie war noch
jung und ziemlich unbeschwert. Um die möglichen Folgen dessen, worauf sie sich eingelassen hatte, scheint sie sich am
wenigsten Sorgen gemacht zu haben. Für Anne war sie gerade
dadurch eine wichtige Person unter den Helfern. Bei ihrer
Beschreibung des ›Mittagstischs‹ steht zu Bep Voskuijl folgendes: *Nummer 9 ist kein Hinterhaus-Familienmitglied, aber doch*
*Haus- und Tischgenossin. Bep hat einen gesunden Appetit. Sie*
*läßt nichts stehen, ist nicht wählerisch. Mit allem kann man sie*
*erfreuen, und das gerade erfreut uns. Fröhlich und gut gelaunt,*
*willig und gutmütig, das sind ihre Kennzeichen.*
Einer, dessen Dienste für die Untergetauchten oft übersehen
werden, war Herr Voskuijl, Beps Vater, der bis zu seiner Er-
krankung als Lagerarbeiter in der Firma arbeitete. Anfangs
wußte er nichts von den Untergetauchten, doch dann wurde er
informiert und war, wie Anne es ausdrückt, *die Hilfsbereit-*
*schaft selbst.* Er baute auf Kuglers Wunsch das drehbare Regal
und schenkte den Untergetauchten selbstgebastelte Gegen-
stände. Anne bedauerte ihn sehr wegen seiner Krankheit und
reagierte mit Ärger auf die Ärzte, die ihm mitgeteilt hatten,
daß er an einem inoperablen Krebs litt. Unter dem 15. Juni

1943 steht: *Für uns ist es ein Unglück, daß der gute Voskuijl uns nicht mehr über alles auf dem laufenden hält, was im Lager passiert und was man so hört. Er war unsere beste Hilfe, was die Vorsicht betrifft, wir vermissen ihn sehr.*
Auch Herr Voskuijl, ein sogenannter ›einfacher Mann‹, scheint auf die Tatsache, daß da acht Juden im Hinterhaus lebten und jeder, der ihnen half, sich in Gefahr brachte, mit großer Hilfsbereitschaft reagiert zu haben. Eine ganz und gar nicht ›einfache‹ Reaktion.

## Miep Gies, geboren 1909 in Wien

Miep Santrouschitz, wie sie vor ihrer Heirat hieß, stammte ebenso wie Victor Kugler aus Österreich. Sie ist nach dem Ersten Weltkrieg, im Rahmen eines Hilfsprogramms für notleidende Kinder, in die Niederlande zu Pflegeeltern gekommen, wo sie etwas aufgepäppelt werden sollte, und sie ist bei ihnen geblieben. Eine ziemlich kleine Frau, hübsch, mit großem Interesse für elegante Kleidung, eine, wie sie selbst sagt, leidenschaftliche Tänzerin, eine von Natur aus energische Frau, die gerne organisierte. Auch sie war schon lange bei Otto Frank beschäftigt, als Büroangestellte war sie bald nach Kugler in die Firma eingetreten.
Jan Gies, den sie 1941 heiratete, war über Miep ebenfalls ein Freund der Familie Frank geworden. Er war Angestellter der Stadt Amsterdam. Von 1940 an, als Otto Frank die drohende ›Entjudung‹ der niederländischen Wirtschaft ahnte und die Firmen vorsorglich ›arisieren‹ ließ, fungierte Jan Gies neben Victor Kugler und Johannes Kleiman nach außen hin als Besitzer. Jan Gies war hochgewachsen, gut angezogen, ein paar Jahre älter als Miep. Sie fand ihn mit seinen dichten blonden Haaren und den warmen, lebenssprühenden Augen überaus attraktiv.
Miep bewunderte Otto Frank, seine freundliche, zurückhaltende Art, und wurde im Lauf der Jahre eine wirkliche Freundin der Familie. So war es kein Wunder, daß gerade sie,

als der Aufruf für Margot kam, mit ihrem Mann gerufen wurde, um bei den Vorbereitungen zum Untertauchen zu helfen.
Und als später, vermutlich auf Wunsch der Kinder, die eine
Abwechslung haben wollten, jemand von den Helfern zum
Übernachten ins Hinterhaus eingeladen wurde, waren es natürlich auch zuerst Miep und Jan. Miep vermittelte Pfeffer,
den achten Untertaucher, und hielt dann zwischen ihm und
Frau Kaletta den Briefkontakt aufrecht. Und selbstverständlich kamen Miep und Jan ins Hinterhaus, nachdem dort
eingebrochen worden war, und beruhigten die aufgeregten Bewohner.
Während Jan Gies die Untergetauchten durch seine oft
lustigen Geschichten bei Laune hielt, übernahm Miep, die
zwar, laut Anne, ebenfalls gern und viel erzählte, vor allem die
mehr praktischen Aufgaben. Sie bereitete mit Bep kleine
Überraschungen zu den Geburtstagen vor, auch zu Nikolaus,
den die Untergetauchten 1942 zum erstenmal feierten. Sie besorgte Schuhe für Anne und ein verbotenes Buch über
Mussolini für Pfeffer, und als eine der Katzen krank wurde,
ging sie mit ihr zum Tierarzt. Sie sorgte für einen Kuchen zu
Weihnachten und ein Rosinenbrot zu Pfingsten. Miep liebte
kleine Überraschungen. (Mit zunehmender Verschlechterung
der Versorgungslage wurden natürlich auch die Geschenke
kleiner.)
Doch vor allem war Miep zuständig für den Einkauf der Nah-
rungsmittel. Bezeichnend ist Annes Eintrag vom 11. Juli 1943:
*Miep schleppt sich ab wie ein Packesel. Fast jeden Tag treibt sie
irgendwo Gemüse auf und bringt es in großen Einkaufstaschen
auf dem Fahrrad mit. Sie ist es auch, die jeden Samstag fünf
Bücher aus der Bibliothek mitbringt.*
Miep als *Packesel.* Ein Bild, das noch verstärkt wird, wenn
man ihr Buch »Meine Zeit mit Anne Frank« liest. Darin erzählt sie ausführlich von den Schwierigkeiten, zusätzlich zu
ihrem eigenen Bedarf täglich Lebensmittel für acht Menschen
zu besorgen. Eigentlich für neun. Denn Miep und Jan Gies
lebten unter einer zusätzlichen Belastung: Im Frühjahr 1943
hatten sie bei sich zu Hause einen jungen Studenten aufge-

nommen, der sich geweigert hatte, eine von den Deutschen geforderte Loyalitätserklärung zu unterschreiben, und daher untertauchen mußte. Miep und Jan hielten ihren privaten Untergetauchten geheim, sie wollten ihre Freunde im Hinterhaus nicht beunruhigen. Und noch etwas verbargen sie, nämlich daß Jan ab 1943 aktiv bei einer Widerstandsgruppe mitarbeitete.

Miep bemühte sich offenbar, gar nicht erst über die Gefährdungen, unter denen sie lebte, nachzudenken, um so mehr, als sie auch keine Möglichkeit sah, mit irgend jemandem über ihre Angst zu sprechen. Sie schreibt: »Am schlimmsten war, daß es niemanden gab, zu dem ich von meinen Sorgen und Selbstzweifeln sprechen konnte, wenn ich mich besonders schwach und hilflos fühlte. Natürlich durfte ich darüber kein Wort verlieren vor denen, die mir am nächsten standen: Edith und Otto Frank. Auch nicht vor Jo Kleiman, meinem häufigsten Gesprächspartner im Büro. Nicht einmal Jan gegenüber durfte ich etwas davon verlauten lassen. Er war vollauf mit seiner eigenen Untergrundtätigkeit ausgelastet, ich durfte ihm nicht obendrein noch meine Sorgen aufbürden.«[60]

Miep als Packesel, auch im übertragenen Sinn. Sie versuchte, nicht ins Grübeln zu geraten, sie funktionierte.

Doch das Einkaufen damals war ganz anders als das Einkaufen heute. Die Lebensmittel waren rationiert, es gab schon seit 1941 Marken, die gegen Vorlage von sogenannten Stammkarten ausgegeben wurden. Jan hatte Beziehungen zu Leuten vom Untergrund, deshalb konnten die Untergetauchten gefälschte oder gestohlene Stammkarten ›schwarz‹ kaufen, allerdings keine acht, das wäre zu teuer gewesen. Allein die Zeit, die Miep jeden Tag für das Einkaufen aufwenden mußte, ist fast nicht vorstellbar. Zum Glück bekam sie wenigstens Brot von einem Bekannten Kleimans und Fleisch von einem Bekannten van Pels. Auch ein Gemüsemann, den Anne mehrmals im Tagebuch erwähnt, half, ohne überflüssige Fragen zu stellen. Doch mit der Zeit wurde die Nahrungsversorgung in den besetzten Niederlanden immer schwieriger, und Miep mußte zu immer mehr Geschäften gehen, um überhaupt etwas zu bekommen. (Der berüchtigte Hungerwinter, in dem viele tausend Menschen an Hunger starben, war allerdings erst der Winter von 1944 auf 1945. Da waren die Untergetauchten schon nicht mehr im Hinterhaus.)

Miep kaufte und machte und schleppte und arbeitete. Trotz aller Sorgen versuchte sie aber, ebenso wie die anderen Helfer, den Untergetauchten ein fröhliches Gesicht zu zeigen. Die Freundschaft, die schon vorher zwischen ihr und den Franks bestanden hatte, vertiefte sich noch. Nur einmal, am 26. Mai 1944, berichtet Anne Frank über eine Differenz zwischen ihr und ihren Schützlingen: *Miep kam eines Nachmittags mit feuerrotem Kopf zu Vater und fragte ihn geradeheraus, ob wir annähmen, daß sie auch vom Antisemitismus angesteckt wären. Vater erschrak gewaltig und redete ihr den Verdacht aus. Aber etwas ist hängengeblieben. Sie kaufen mehr für uns ein, interessieren sich mehr für unsere Schwierigkeiten, obwohl wir ihnen damit sicher nicht zur Last fallen dürfen. Es sind doch so herzensgute Menschen!* Leider kennen wir die Vorgeschichte nicht. Aber daß Miep überhaupt das Gefühl hatte, man könne sie des Antisemitismus verdächtigen, ist doch ein Zeichen dafür, wie vergiftet die allgemeine Atmosphäre in der Besatzungszeit war, wie schleichend sich Mißtrauen überall ausbreitete, selbst unter Menschen, die einander nahestanden.

Der Beweis für Mieps alles andere als judenfeindliche Grundhaltung zeigt sich schon in ihrer Reaktion, als sie von dem geplanten Untertauchen erfuhr. Es war wohl im Frühjahr 1942, erzählt sie, als Otto Frank ihr von seinem Plan berichtete, sich zusammen mit seiner Frau und den Töchtern und der Familie van Pels im Hinterhaus zu verstecken. Er fragte sie, ob sie Einwände dagegen habe. Nein, sie hatte keine. Und dann fragte er sie, ob sie bereit sei, die Verantwortung zu übernehmen und sie zu versorgen, wenn sie untergetaucht wären. Mieps Antwort bestand aus einem einzigen Wort: »Selbstverständlich.«[61] Ohne Wenn und Aber.

Dabei war es alles andere als selbstverständlich. Christen und Juden war der Umgang miteinander verboten, und die Deutschen hatten der niederländischen Bevölkerung unmißverständlich klargemacht, daß jeder, der Juden auf irgendeine Art und Weise half, mit strengen Strafen, unter Umständen sogar mit der Todesstrafe, zu rechnen hatte.

»Selbstverständlich«, sagte sie. Sie hat ihr Versprechen gehalten. Die Trauer darüber, daß sie die acht Menschen trotz allem nicht hat retten können, wird sie wohl nie verlassen.

Ich frage mich, ob die Beziehung zwischen Helfern und Untergetauchten wirklich so ungetrübt gewesen ist. Sie müssen doch auch manchmal Ärger und Wut empfunden haben – die einen, weil sie von den anderen abhängig waren, und die anderen, weil ihnen die einen das Leben noch schwerer machten, als es damals ohnehin schon war. Sie müssen sich gefühlt haben, als seien sie aneinandergekettet, ohne die Möglichkeit auszusteigen, ohne daß ein Ende abzusehen war.

Der Wunsch, von der Last und der Sorge endlich befreit zu sein, wäre auf seiten der Helfer nur allzu verständlich gewesen. Doch er taucht nicht auf, ebensowenig wie Vorwürfe und Beschuldigungen von seiten der Untergetauchten. Auch bei ihnen kann ich mir schwer vorstellen, wie sie – zumindest die Erwachsenen – mit dem Gefühl umgegangen sind, ständig abhängig von der Gunst anderer zu sein. Bei aller Dankbarkeit, die sie natürlich empfanden, müßte es zumindest zu gemischten Gefühlen gekommen sein. Vermutlich lastete aber die akute Bedrohung so vordringlich auf ihnen, daß sie Aggressionen (wie sie zwangsläufig entstehen, wenn bei irgendwelchen Beziehungen Abhängigkeiten im Spiel sind) gar nicht erst zuließen. Wut oder auch nur leichter Ärger auf jemanden, von dessen Hilfsbereitschaft die eigene Existenz abhängt, muß vielleicht unterdrückt werden. Alles andere wäre zu riskant. Umgekehrt konnten sich die Helfer Aggressionen auf ihre Schützlinge kaum leisten, weil sonst das ganze Gefüge der Angstverdrängung zusammengebrochen wäre. Eventuell unterschwellige Aggressionen wurden mit Geschichten über das schreckliche Los der anderen Juden, denen niemand half, relativiert und unterdrückt.

Die Untergetauchten bemühten sich zwar, den Helfern nicht zur Last zu fallen, aber das war vergeblich. Sie waren eine Last. Doch beide Seiten, Untergetauchte wie Helfer, verfügten ganz offensichtlich über feste moralische Wertvorstellungen und eine zuverlässig funktionierende Disziplin. Was man versprochen hatte, wurde gehalten. Darauf konnten sich alle Beteiligten verlassen. (Unter diesen Umständen eine überlebensnotwendige Moral.)

Am 4. August 1944 wurden Kugler und Kleiman mit den acht Untergetauchten zusammen verhaftet. Die beiden Frauen, Miep und Bep, wurden nicht mitgenommen. Offenbar glaubte man nicht, daß sie an dem ›Verbrechen‹, Juden versteckt zu haben, beteiligt waren. Kugler und Kleiman kamen ins Untersuchungsgefängnis. Ein Prozeß gegen sie wurde nicht geführt. Am 18. September wurde Kleiman, der wieder Magenblutungen hatte, auf Betreiben des Roten Kreuzes krankheitshalber entlassen. Eine Woche später nahm er seine Arbeit in der Prinsengracht wieder auf und führte, zusammen mit Miep und Bep, die Firma bis zum Kriegsende weiter. Kugler wurde vom Gefängnis aus in ein Arbeitslager gebracht. Am 28. März 1945 sollte er mit 600 anderen Zwangsarbeitern zu Fuß nach Deutschland gehen, doch kurz vor der Grenze wurden sie von Engländern beschossen, und in der entstandenen Verwirrung gelang Kugler die Flucht. Er schlug sich nach Amsterdam durch und versteckte sich bis zum Kriegsende bei seiner Frau.[62]

Drei der Helfer sind inzwischen tot. Kleiman starb 1959 in Amsterdam. Kugler wanderte 1955 nach Kanada aus und starb 1981 in Toronto. Bep Wijk-Voskuijl starb 1983 in Amsterdam. Nur Miep und Jan Gies sind noch am Leben, sie wohnen in Amsterdam.

Fünf Menschen, die in einer unmenschlichen Zeit bereit wa-

ren, die Verantwortung für das Leben anderer zu übernehmen. Nicht nur das, sie taten es vollkommen selbstverständlich
und bemühten sich, den Untergetauchten ein freundliches Gesicht zu zeigen und sich nicht anmerken zu lassen, wie schwer
es häufig auch für sie war.

Anne Frank dachte nicht oft an die Gefahren, denen die Helfer
ausgesetzt waren. Aber sie wußte es. Am 28. Januar 1944
dankt sie ihnen in ihrem Tagebuch:

*Das beste Beispiel dafür sind doch wohl unsere Helfer, die uns
bis jetzt durchgebracht haben und uns hoffentlich noch ans si-
chere Ufer bringen. Sonst müßten sie das Schicksal all derer
teilen, die gesucht werden. Nie haben wir von ihnen ein Wort
gehört, das auf die Last hinweist, die wir doch sicher für sie sind.
Niemals klagt einer, daß wir ihnen zuviel Mühe machen. Jeden
Tag kommen sie herauf, sprechen mit den Herren über Geschäft
und Politik, mit den Damen über Essen und die Beschwerden
der Kriegszeit, mit den Kindern über Bücher und Zeitungen. Sie
machen, soweit es geht, ein fröhliches Gesicht, bringen Blumen
und Geschenke zu Geburts- und Festtagen, stehen immer und
überall für uns bereit. Das ist etwas, was wir nie vergessen dürfen. Andere zeigen Heldenmut im Krieg oder gegenüber den
Deutschen, aber unsere Helfer beweisen ihren Heldenmut in
ihrer Fröhlichkeit und Liebe.*

## 14

*Denn wir können
ja doch nicht weg*

# Das Hinterhaus und die Außenwelt

Heute sind wir daran gewöhnt, die Ereignisse des Zweiten Weltkriegs von seinem Ende her zu betrachten. (Wenn wir vom »erfolgreichen Rußlandfeldzug« der Deutschen hören, wissen wir gleichzeitig, daß er nur anfangs erfolgreich war.) Im Juli 1942, als die Familie Frank im Hinterhaus untertauchte, sah es aus, als würden die Deutschen diesen Krieg gewinnen. Im August 1942, als Anne Frank die ersten Briefe an Kitty verfaßte, erreichte die 6. deutsche Armee Stalingrad, eine wichtige Industriestadt an der Wolga, und wurde dort im November von sowjetischen Truppen eingeschlossen. Daß dieses Ereignis die deutsche Niederlage im Zweiten Weltkrieg einleiten würde, konnte sich damals noch niemand vorstellen. Auch Anne Frank hat die Situation um Stalingrad eher mißverstanden, nämlich als heldenhaften, aber zum Scheitern verurteilten Widerstand der sowjetischen Armee gegen die Deutschen. Sie ging fest davon aus, daß auch Stalingrad letztlich fallen würde. So ist ihr Eintrag vom 9. November 1942 zu verstehen: *Stalingrad, die russische Stadt, wird nun auch schon seit drei Monaten verteidigt und ist immer noch nicht den Deutschen in die Hände gefallen.*
Noch war das Dritte Reich auf dem Höhepunkt seiner Macht. Begonnen hatte sein Aufstieg 1933, als Adolf Hitler zum Reichskanzler ernannt wurde. (Meist ist irreführend und verschleiernd von der »Machtergreifung« Hitlers die Rede. Zwar hatte Hindenburg Hitler zum Reichskanzler ernannt, doch schon bei der Reichstagswahl im Juli 1932 war die NSDAP stärkste Partei gewesen, und bei den Neuwahlen am 5. März 1933 erreichte sie bereits 43,9 % der Stimmen. Man kann also kaum von einer »Machtergreifung« Hitlers sprechen. Er hatte

die Macht verlangt, und sie wurde ihm von Millionen Deutschen gegeben.)

Dabei hatte Hitler seine großen Ziele bereits 1925 in seinem Buch »Mein Kampf« unmißverständlich formuliert; bis 1939 war dieses Buch in Deutschland in einer Auflage von 5,5 Millionen Exemplaren verbreitet. Hitlers Hauptziele waren:

1. Die Eroberung neuen Lebensraums im Osten für das deutsche Volk – das führte zum Zweiten Weltkrieg.

2. Die Vernichtung des europäischen Judentums – dafür wurden Vernichtungslager geschaffen wie in Auschwitz, Chelmno (Kulmhof), Majdanek, Belzec, Sobibor und Treblinka.

Als die Familien Frank und van Pels und Herr Pfeffer ins Hinterhaus zogen, hatte die Wannsee-Konferenz über die sogenannte »Endlösung der Judenfrage« schon stattgefunden, auf der am 20. Januar 1942 die Ausrottung aller Juden in Europa beschlossen worden war. Hunderttausende waren bereits in Konzentrationslager deportiert worden, Hunderttausende bereits Massakern und Massenerschießungen der Einsatzgruppen* zum Opfer gefallen (so betrug im September 1941 in Kiew die Zahl der Opfer 34.000, im Dezember 1941 in Riga 27.000 und in Wilna 32.000). Die erste Versuchsvergasung hatte in Auschwitz im September 1941 stattgefunden.[63] In Chelmno, Majdanek, Treblinka, Belzec, Sobibor und Auschwitz waren die Todesfabriken schon errichtet. Die ersten, streng geheimgehaltenen Vergasungen von arbeitsunfähig gewordenen Häftlingen waren am 4. Mai 1942 in Auschwitz durchgeführt worden.[64]

Die ›Umsiedlungen‹ und ›Abschiebungen‹ der Juden in den Osten, wie die Deportationen auch genannt wurden, waren also in vollem Gang, die Liquidierung der jüdischen Bevölkerung Europas hatte begonnen.

Auch die Niederlande waren betroffen. In welchem Ausmaß – das zeigt ein an den Reichsführer-SS und Chef der Deutschen Polizei Heinrich Himmler gerichteter Brief. Absender ist der

---

* Einsatzgruppen: Sondereinheiten zur Verfolgung von Juden und Gegnern des Nationalsozialismus in den meisten der von deutschen Truppen besetzten Gebiete, insbesondere in Polen und in der UdSSR; die Zahl der von den Einsatzgruppen Ermordeten wird auf zwei Millionen geschätzt.[65]

Höhere SS- und Polizeiführer beim Reichskommissar für die besetzten Niederländischen Gebiete.

»Den Haag, den 14. Sept. 1942
Geheim

Betr.: Judenabschiebung
Reichsführer!
Ich darf Ihnen einen Zwischenbericht über die Abschiebung der Juden vorlegen. Bis jetzt haben wir mit den strafweise nach Mauthausen abgeschobenen Juden zusammen 20.000 Juden nach Auschwitz in Marsch gesetzt. In ganz Holland kommen ungefähr 120.000 Juden zur Abschiebung, worin allerdings auch die Zahl der Mischjuden enthalten ist, die ja zunächst hierbleiben. Im Einvernehmen mit dem Reichskommissar schiebe ich aber auch alle jüdischen Teile der Mischehen ab, sofern aus diesen Mischehen keine Kinder hervorgegangen sind. Es werden dies ca. 6.000 Fälle sein, so daß ca. 14.000 Juden aus Mischehen zunächst hierbleiben. [...] Die neuen Hundertschaften der holländischen Polizei machen sich in der Judenfrage ausgezeichnet und verhaften Tag und Nacht zu Hunderten die Juden. Die einzige Gefahr, die dabei auftritt, ist der Umstand, daß da und dort einer der Polizisten daneben greift und sich aus Judeneigentum bereichert.«[66]

Zwanzigtausend Juden waren also schon nach Auschwitz »in Marsch gesetzt« worden, »abgeschoben«, in »Arbeitslager« deportiert.
Was in diesen Lagern geschah, wußte man nicht in der niederländischen Bevölkerung, auch wenn der englische Sender BBC schon ab Juni 1942[67] auf Vergasungen in Polen hinwies. Vermutlich hielt das jeder für ein Gerücht oder für Gegenpropaganda, so wie Jan Gies, der laut Anne noch am 3. Februar 1944 meinte: »*Die Engländer und die Russen werden aus Propagandagründen übertreiben, genau wie die Deutschen.*« Wie hätte sich ein normaler Mensch einen derart menschenverachtenden, bürokratisch geplanten Völkermord auch vorstellen

können? Erst die Geschichte des Dritten Reiches hat gezeigt, daß die Realität die schlimmsten Phantasien weit übertreffen kann.

Die Franks, die van Pels und Pfeffer haben den Ernst ihrer Lage wohl geahnt, zumindest die Erwachsenen, ohne jedoch zu wissen, wie schlimm es wirklich war. Sie fühlten aber, daß sie nicht in die Hände der Deutschen fallen durften. Ihre Angst war so groß, daß sie sogar die Gefährdung der Helfer in Kauf nahmen. (Es gibt Berichte, wonach Juden es abgelehnt haben unterzutauchen, weil sie andere nicht in Gefahr bringen wollten. Die meisten haben diese Feinfühligkeit mit dem Leben bezahlt.)

Die acht Untergetauchten lebten hinter verhängten Fenstern. Ihre Welt war das Hinterhaus, notgedrungen. Was geschah dort, was war los in der Zeit vom 5. Juli 1942 bis zum 4. August 1944?

Die Antwort ist einfach: sehr wenig. Die herausragenden Ereignisse sind schnell aufgezählt: Pfeffer zieht ein; das Haus an der Prinsengracht 263 bekommt einen neuen Besitzer, der mit einem Architekten das Gebäude besichtigt, sich aber von Kleiman mit einer Ausrede vom Hinterhaus ablenken läßt (und zum Glück nicht wiederkommt); ein Einbruch am 16. Juli 1943 (das Wertvollste, was gestohlen wird, sind die Marken für 150 kg Zucker); ein weiterer Einbruch am 1. März 1944; schließlich ein dritter Einbruch am 11. April 1944, der bei den Untergetauchten große Angst vor einer möglichen Entdeckung auslöst. Alles andere waren mehr oder weniger alltägliche Vorkommnisse. Mal war das Klo verstopft, mal schleppte die Katze Flöhe ins Haus, mal bildete man sich ein, einen Einbrecher gehört zu haben, mal wurde jemand krank.

Krankheiten waren für Untergetauchte eine ernste Bedrohung. Die acht Menschen im Hinterhaus hatten Glück, keiner von ihnen wurde ernstlich krank, auch wenn manchmal jemand unter Husten litt (eine besonders gefürchtete Krankheit, weil sie womöglich von draußen hörbar war). Für Untergetauchte und ihre Helfer war es außerordentlich wichtig,

gesund zu bleiben. Eine Blinddarmentzündung konnte
bereits den Tod bedeuten. Leider passierte derartiges oft genug. Der Tod eines Untergetauchten stellte seine Helfer vor
fast unlösbare Probleme. Es gibt Berichte darüber, daß Tote
in eine Gracht geworfen oder heimlich im Vorgarten ver-
graben wurden. (Dieses Problem war sicher ein Tabu. Vermutlich hat man sogar vermieden, auch nur daran zu denken.)

Im Hinterhaus jedenfalls passierte nicht viel, doch brenzlige
Situationen gab es trotzdem, denn auch die Untergetauchten
blieben von den Auswirkungen des Krieges nicht verschont.
Ganz abgesehen von der immer schlechter werdenden Ernäh-
rungslage litten sie vor allem unter den Luftangriffen der
Alliierten, die militärische Ziele und Stellungen der Deutschen in den Niederlanden bombardierten und deren Flugzeuge, wenn sie die Niederlande in Richtung Deutschland
überflogen, von der deutschen Luftabwehr beschossen wurden. (Ab 1942 flogen die Briten immer häufiger nächtliche
Bombenangriffe auf die Städte im Norden und Westen
Deutschlands, vor allem auf die Industriezentren an Rhein und
Ruhr, dazu kamen ab Januar 1943 die Bombenangriffe der
amerikanischen Truppen bei Tag.)

Anne berichtet am 27. April 1943 vom Absturz eines englischen Flugzeugs auf das Carlton-Hotel. Die ganze Ecke
Vijzelstraat-Singel sei abgebrannt (das war nur wenige hundert
Meter vom Hinterhaus entfernt). Am 19. Juli wird Amster-
dam-Nord bombardiert, und Anne berichtet von 200 Toten
und unzähligen Verwundeten. Eine Woche später erzählt
sie von einem besonders schlimmen Tag. Schon morgens habe
es Alarm gegeben, und nachmittags um zwei sei dann der
Hafen von Amsterdam bombardiert worden (er lag etwa zwei
Kilometer vom Hinterhaus entfernt). *Das Haus dröhnte, und
die Bomben fielen. Ich drückte meine Fluchttasche an mich,
mehr, um mich an etwas festzuhalten, als um zu flüchten,
denn wir können ja doch nicht weg. Im Notfall ist für
uns die Straße genauso lebensgefährlich wie eine Bombardie-
rung.*

Beim Abendessen Alarm, beim Spülen Alarm, und nachts um
halb zwei wieder. Jeder Alarm muß die Menschen im Hinterhaus in Panik versetzt haben, hatten sie doch keine Möglichkeit, in einen Keller oder Bunker zu gehen. Wann immer
draußen Bedrohliches zu hören war, Schießen, Sirenen, das
Dröhnen von Flugzeugen, wurde ihnen die Gefährlichkeit ihrer Lage wieder bewußt. Um so mehr, als sie sich nicht selbst
informieren konnten. Sie waren angewiesen auf das, was sie
von ihren Helfern erfuhren. Und natürlich auf die Rundfunk-
nachrichten.

Radiohören war für die Menschen im Hinterhaus sehr wichtig,
vor allem die Nachrichten von BBC und vom Sender Oranje,
wie eine Tagebuchpassage vom 15. Juni 1943 belegt: *Es ist
wirklich wahr, wenn die Berichte von draußen immer schlimmer werden, hilft das Radio mit seiner Wunderstimme, daß wir
den Mut nicht verlieren und jedesmal wieder sagen: »Kopf
hoch! Tapfer bleiben! Es kommen auch wieder bessere Zeiten!«*

Vom Radio bezogen die Untergetauchten ihre Informationen
über die militärische Lage, und diese Nachrichten beeinfluß-
ten natürlich ganz massiv ihre Stimmung. So notiert Anne am
5. November 1942: *Die Engländer haben nun endlich in Afrika
ein paar Erfolge, also sind die Herren fröhlich, und wir haben
heute morgen Kaffee und Tee getrunken.* (Dieser Eintrag
stammt aus der Version a.)

Auch wenn es 1943 allmählich vorstellbar wurde, daß die
Deutschen den Krieg verlieren würden, schwankten die Untergetauchten zwischen Hoffnung und Zweifel hin und her.
Am deutlichsten zeigt sich ihre Abhängigkeit von den Nachrichten daran, wie häufig Anne Frank auf die von allen
ersehnte Invasion zu sprechen kommt (insgesamt zwölfmal)
und wie oft in diesem Zusammenhang von Gefühlen die Rede
ist.

27. Februar 1943: *Pim erwartet jeden Tag die Invasion.*

10. August 1943: *[...] und Frau van Daan fängt wieder an:*
»Die Invasion kommt doch nie!«

3. Februar 1944: *Die Invasionsstimmung im Land steigt mit*

*jedem Tag. Wenn Du hier wärest, wärest Du sicher genauso
beeindruckt wie ich von all diesen Vorbereitungen, aber andererseits würdest Du uns auch auslachen, weil wir uns so
aufregen, und vielleicht umsonst!* [...] *Dieses Gerede höre ich
den ganzen Tag. Invasion vorne, Invasion hinten. Dispute über
Hungern, Sterben, Bomben, Feuerspritzen, Schlafsäcke, Ju-
denausweise, Giftgase und so weiter. Alles nicht erheiternd.*
3. Mai 1944: *Die Politik hat Urlaub. Es gibt nichts, aber auch
gar nichts mitzuteilen. So allmählich glaube ich auch, daß die
Invasion kommt. Sie können die Russen doch nicht alles allein
erledigen lassen! Übrigens, die tun zur Zeit auch nichts.*
22. Mai 1944: *Vater hat am 20. Mai fünf Flaschen Joghurt bei
einer Wette an Frau van Daan verloren. Die Invasion ist noch
nicht gekommen. Ich kann ruhig sagen, daß ganz Amsterdam,
die ganzen Niederlande, ja die ganze Westküste Europas bis
Spanien hinunter Tag und Nacht über die Invasion spricht, de-
battiert, darüber Wetten abschließt und darauf hofft.*
Und dann endlich, am 6. Juni 1944: *»This is D-day«, sagte um
zwölf Uhr das englische Radio, und mit Recht! »This is the
day«, die Invasion hat begonnen!* [...]
Das Hinterhaus ist in Aufruhr. Sollte denn nun wirklich die
lang ersehnte Befreiung nahen, die Befreiung, über die so viel
gesprochen wurde, die aber zu schön, zu märchenhaft ist, um
je wirklich werden zu können? Sollte dieses Jahr, dieses 1944,
uns den Sieg schenken?
Das Hinterhaus ist in Aufruhr, bleibt es auch noch eine Weile.
*Die Stimmung steigt,* schreibt Anne Frank, und *alles ist bes-
tens.* Die Untergetauchten hoffen, daß alles bald vorbei sein
werde. Anne spekuliert sogar, ob sie im Oktober bereits
wieder die Schule besuchen könne. Ihre Hoffnungen steigen
noch mehr, als am 21. Juli 1944 das Attentat auf Hitler be-
kanntgegeben wird. Anne reagiert geradezu euphorisch: *Nun
werde ich hoffnungsvoll, nun endlich geht es gut. Ja,
wirklich, es geht gut! Tolle Berichte! Ein Mordanschlag auf
Hitler ist ausgeübt worden, und nun mal nicht durch jüdische Kommunisten oder englische Kapitalisten, sondern
durch einen hochgermanischen deutschen General, der Graf*

*und außerdem noch jung ist. Die »göttliche Vorsehung« hat dem Führer das Leben gerettet, und er ist leider, leider mit ein paar Schrammen und einigen Brandwunden davongekommen.*

Diese Stellen kann man nur mit einem Gefühl der Beklemmung und der Trauer lesen. All ihre Hoffnungen waren vergeblich. Für Anne Frank kam die Befreiung zu spät.

## 15

*Ich bin verändert, und zwar gründlich*

# Annes Entwicklung in
# der Zeit des Untertauchens

Anne Frank, die als gerade Dreizehnjährige ins Hinterhaus kam, erlebte dort ihre körperliche Entwicklung zur Frau. Das war bestimmt nicht einfach für sie, denn ihr fehlte der Umgang mit Freundinnen, mit denen sie sich hätte vergleichen und Erfahrungen austauschen können. Ihr fehlte die Beruhigung und Relativierung, die pubertierende Mädchen aus der Wahrnehmung schöpfen, daß sie nicht allein sind, daß auch mit anderen dieselben tiefgreifenden Veränderungen vor sich gehen.

Natürlich wußte Anne, was ihre körperliche Entwicklung bedeutete, aber mit wem hätte sie darüber reden können, für wen besaß diese Entwicklung die gleiche Wichtigkeit wie für sie? Am 3. Oktober 1942 erzählt sie von einem Buch, das sie gelesen hat, dann folgt der Satz: *Außerdem steht drin, daß Eva ihre Periode bekommen hat. Danach sehne ich mich so sehr, dann bin ich wenigstens erwachsen.* Und am 2. November 1942 schreibt sie an Kitty: *P.S. Ich habe noch vergessen, Dir die wichtige Neuigkeit zu erzählen, daß ich wahrscheinlich bald meine Periode bekomme. Das merke ich an dem klebrigen Zeug in meiner Hose, und Mutter hat es mir vorausgesagt. Ich kann es kaum erwarten. Es scheint mir so wichtig! Nur schade, daß ich nun keine Damenbinden tragen kann, die bekommt man nicht mehr. Und die Stäbchen von Mama können nur Frauen tragen, die schon mal ein Kind gehabt haben.*

Aus der Erwähnung der Tampons kann man darauf schließen, daß sie in dieser Zeit mit ihrer Mutter oder mit Margot darüber gesprochen hat, später fehlen solche Hinweise. Sie scheint sich immer mehr geniert zu haben. Das merkt man auch daran, daß sie ein Jahr später, beim Wiederlesen ihres Tagebuchs, offensichtlich sehr über ihre unbefangene Ausdrucksweise erschrak. Am 22. Januar 1944 schrieb sie einen Nachtrag unter dieses P.S.: *Ich würde so etwas nun nicht mehr schreiben können.* [...] *Ich schäme mich wirklich, wenn ich die Seiten lese, die von Themen handeln, die ich mir gerne schöner vorstelle. Ich habe es so unfein hingeschrieben. Aber nun genug davon.*

Am 20. Oktober 1942, also eine Woche nach der ersten Erwähnung des Themas Menstruation, hatte sie ihre Ungeniertheit allerdings noch nicht verloren: *Meine Vagina wird immer weiter, aber es kann auch sein, daß ich mir das einbilde. Wenn ich auf dem W.C. bin, schaue ich manchmal nach und dann sehe ich ganz genau, daß der Urin aus einem Loch in der Vagina kommt, aber oben ist noch ein Ding, da ist auch ein Loch drin, aber ich weiß nicht wozu das dient.*[68] Diese Offenheit beim Schreiben eines Tagebuchs ist wirklich ungewöhnlich und läßt auf Annes Unbefangenheit zu diesem Zeitpunkt schließen. Später kommt sie nur noch einmal auf das Thema Selbsterforschung zurück, nämlich als sie die äußeren Geschlechtsorgane der Frau beschreibt. Diese Passage ist dann aber, verglichen mit »Wenn ich auf dem W.C. bin, schaue ich manchmal nach«, bereits distanziert und verallgemeinernd gehalten und verrät nur noch indirekt, wie sehr sich Anne für ihren Körper interessiert hat.

Eine Erwähnung, daß Anne ihre erste Periode bekommen hat, gibt es nicht (vielleicht stand der Eintrag hierzu in ihrem Tagebuch von 1943, das verlorengegangen ist). Sie notiert eher beiläufig, am 6. Januar 1944, daß sie bereits dreimal ihre Periode hatte. Sie fühlt sich nun schon erwachsen und berührt dieses Thema nur noch einmal, am 3. Mai 1944: *Seit mehr als zwei Monaten hatte ich meine Periode nicht mehr, seit Sonntag ist es endlich wieder soweit. Trotz der Unannehmlichkeiten und der Umstände bin ich doch froh, daß es mich nicht länger im Stich gelassen hat.*

Sie hat inzwischen ein sehr sensibles Schamgefühl entwickelt, auch ihrer Familie gegenüber, ein Indiz dafür, wie sehr sie sich in sich selbst zurückgezogen hat. Am 6. Januar 1944 schreibt sie: *Ich bin nicht prüde, Kitty, aber wenn die anderen so oft im*

*Detail darüber sprechen, was sie auf der Toilette erledigen, habe ich doch das Gefühl, daß ich mich mit meinem ganzen Körper dagegen wehre.* Ihr eigener Körper mit seinen Veränderungen und mit seinen Reaktionen war ihr so geheimnisvoll und so wenig selbstverständlich, daß ihr jeder Hinweis auf die profanen Körperfunktionen fast wie ein Sakrileg vorkam.

Ob Anne aufgeklärt worden war? Bestimmt nur unzureichend und vermutlich mit seltsamen Umschreibungen, denn als Peter ihr *die männlichen Geschlechtsteile* an der Katze zeigte, nahm sie ihren ganzen Mut zusammen und fragte, wie diese überhaupt genannt würden. Er wußte es offenbar auch nicht, was Anne so kommentiert: *Wie soll man diese Worte auch wissen, meist trifft man sie durch Zufall.* (Auch bei Peter ist es fraglich, ob er aufgeklärt worden ist. Er kreiert, als sie über Verhütung sprechen, das wunderbare Wort »Präsentivmittel«, ganz offensichtlich zusammengesetzt aus ›Präservativ‹ und ›Präventivmitteln‹. Allerdings könnte es auch sein, daß Anne ihn falsch verstanden hat.)

Anne Frank war als Dreizehnjährige ins Hinterhaus gekommen, ein Kind noch, zumindest von ihrer körperlichen Entwicklung her. Aber als sie am 4. August 1944, inzwischen fünfzehnjährig, verhaftet wurde, war sie kein Kind mehr. Sie war eine Frau.

Natürlich entwickelte sich Anne während der Untertauchzeit nicht nur körperlich, sondern parallel dazu auch seelisch und geistig. Die Extremsituation, in die Anne als Untergetauchte gestellt war, bedeutete nicht nur Beschränkung, es lag darin auch eine große Herausforderung für ein junges Mädchen, das fest gewillt war, auf keinen Fall zu resignieren. In gewissem Sinn war die Extremsituation für Anne auch eine Chance. Die Chance, sich selbst zu begegnen.

Das Untertauchen empfand Anne zunächst eher als Abwechslung, als Abenteuer. Das lag zum einen wohl an ihrem Alter, doch zum anderen zeigte sich darin auch schon eine Richtung ihrer Entwicklung: Sie wollte sich nicht unterkriegen lassen. Traurigkeit und Ärger hielten bei ihr nicht lange vor, dann wollte sie wieder Fröhlichkeit. Und wenn die Realität ihr diese nicht bot, so half sie eben nach. Sie hatte die Begabung, die Wirklichkeit umzuformen zu einer Art Theaterstück, an dem sie als Mitspielerin oder als Zuschauerin teilnehmen konnte. Diese Kunst kultivierte sie während der Zeit des Untertauchens. Die Beispiele dafür reichen von »Dussel eröffnet seine Zahnarztpraxis« (10. Dezember 1942) über die Beschreibung eines vermeintlichen Einbruchs (25. März 1943) bis zum Bericht von Frau van Pels' Absicht, Peter die Haare zu schneiden (11. Mai 1944). Beim Erzählen dieser Geschichten zeigte sie eine große Begabung für Dramaturgie und Komik, und das erst machte aus einem realen Geschehen eine spannende Geschichte. (Ich wüßte gerne, ob sie die Spannung und Aufregung bereits beim Erleben dieser Szenen empfunden hat oder erst beim Hinschreiben.)

Auch ihre romantischen Gefühle nährte sie aus einem Minimum an Realität. Keine lauen Sommernächte, keine Nebel, die aus den Kanälen stiegen, kein verhangener Himmel, der sich über den Horizont senkte, kein Sonnenuntergang am Meer. Nur ein Dachboden, durch dessen Luke sie den Turm der Westerkerk sah, den Wipfel einer Kastanie, ein Stück Himmel, ab und zu einen Vogel, eine Wolke. Aus diesem winzigen Ausschnitt Natur schuf sie sich eine Welt, die mit ihrer erlebten Wirklichkeit nicht mehr viel zu tun hatte, die ihr aber erhebende Gefühle und Gedanken erlaubte. Und der Mond, schon immer ein Sinnbild romantischer Sehnsucht, wurde dies auch für Anne Frank. Am 13. Juni 1944 schreibt sie: *Es ist keine Einbildung, daß die Betrachtung des Himmels, der Wolken, des Mondes und der Sterne mich ruhig und abwartend macht. Dieses Mittel ist besser als Baldrian und Brom. Die Natur macht mich demütig und bereit, alle Schläge mutig zu ertragen.* Diese erbauliche Versenkung in Naturphänomene findet man auch häufig in »Ereignisse und Geschichten aus dem Hinterhaus« (geschrieben von einer Jugendlichen, die zwei Jahre lang die Natur nur als Ausschnitt erfahren konnte, eingerahmt von Vorhängen und einem Fensterstock).

Eine Kraftquelle für Annes Realitätsumformungen war bestimmt ihre Sehnsucht nach Glück. In der Erzählung »Das Glück«[69] kann man nachlesen, welche Vorstellung sie mit diesem Wort verband: *An einem freien Mittag ging ich ganz allein hinaus in die Heide. Dort setzte ich mich hin und träumte ein bißchen; als ich aufsah, bemerkte ich, daß das Wetter ungewöhnlich schön war, darauf hatte ich bis dahin überhaupt nicht geachtet, weil ich viel zu sehr mit meinem Elend beschäftigt war. Aber als ich einmal aufgeblickt hatte und sah, daß alles um mich her so schön war, da schwieg in mir plötzlich die Stimme, die alles aufzählte, was unangenehm war. Ich konnte nichts anderes mehr tun oder denken oder fühlen, als daß dies schön war und das einzig Wahre. [...] Später begriff ich, daß ich an diesem Mittag zum erstenmal das Glück in mir selbst gefunden hatte, denn was auch sein möge, das Glück kann überall sein.*

Anne Frank war angewiesen auf Glück, auf Freude, auf ein bißchen Fröhlichkeit, und sie schaffte es, sich das alles selbst zu besorgen. Keiner im Hinterhaus hat ihr Fröhlichkeit auf einem Tablett serviert. Die Erwachsenen waren viel zu sehr in ihre eigenen Ängste und Schwierigkeiten verstrickt, um Anne, der Glückssüchtigen, zu bieten, was sie brauchte.

Eine Frage hat mich schon immer interessiert, seit ich das Tagebuch zum erstenmal las: Wie kommt es, daß Anne Frank am Anfang ihres Tagebuchs ganz und gar unreligiös zu sein scheint und sich am Ende oft auf Gott bezieht? Wie ist es zu dieser Entwicklung gekommen? Was hatte Anne für ein Gottesbild?

Hanneli Goslar, Annes Freundin aus der Kinderzeit, berichtet: »Frau Frank und Margot gingen ab und zu in die Synagoge, Anne und ihr Vater dagegen seltener.«[70] Und an anderer Stelle heißt es: »Die [gemeint ist Anne] kam mehr auf ihren Vater heraus und war überhaupt nicht religiös.«[71]

Die erste Bemerkung im Tagebuch, in der von Religion oder Gott die Rede ist, stammt vom 29. Oktober 1942. Annes Vater wünschte, daß sie die deutschen Klassiker kennenlernte, und wollte ihr nun jeden Abend etwas vorlesen. Um seinem guten

Beispiel zu folgen, habe ihre Mutter ihr ein Gebetbuch in die Hand gedrückt, erzählt Anne. Sie las dann allerdings nur widerwillig ein paar Gebete. Zu diesem Zeitpunkt hatte sie offensichtlich noch kein Interesse an Religion.

Bis zum November 1943 kommt nur noch zweimal das Wort Gott vor, diese beiden Stellen stammen aus Version b, sind also erst geschrieben worden, nachdem sich Anne Franks Einstellung zu Gott geändert hatte.

Am 2. April 1943 erzählt sie, sie habe am Abend zuvor im Bett gelegen und auf ihren Vater zum Beten und Gutenachtsagen gewartet, da sei ihre Mutter hereingekommen und habe gefragt, ob sie beide nicht mal zusammen beten sollten. Bei diesem abendlichen Beten handelte es sich wohl eher um den früher allgemein üblichen Brauch, mit Kindern ein Nachtgebet zu sprechen, als um eine wirklich religiöse Handlung.

Die Einstellung Anne Franks zu Gott ändert sich im Herbst 1943. Um diesen Vorgang zu verstehen, könnte es aufschlußreich sein, Annes Ängste näher zu betrachten. Wieviel Angst hatte sie? Wovor? Wie ging sie damit um?

Zu Beginn der Untertauchzeit fürchtete sich Anne vor dem Entdecktwerden. Dabei ist wohl davon auszugehen, daß die anderen Erwachsenen, Mituntergetauchte und Helfer, unentwegt zur Vorsicht mahnten und derartige Ängste bei der dreizehnjährigen Anne schürten, wenn sie sie nicht sogar erst weckten. Man kann sich die Ermahnungen leicht vorstellen: Anne, leise, sie dürfen uns nicht hören! Anne, um Gottes willen, laß die Finger vom Vorhang, wenn dich jemand sieht! Anne, paß auf, Anne, sei vorsichtig! Und immer wieder: Wenn sie uns hören, wenn sie uns finden, wenn, wenn...

Wie Anne auf solche Mahnungen reagierte, wird an ihrem Eintrag vom 11. Juli 1942 deutlich, in dem sie vom Radiohören berichtet: *Gestern abend sind wir alle vier hinunter ins Privatbüro gegangen und haben den englischen Sender angestellt. Ich hatte solche Angst, daß es jemand hören könnte, daß ich Vater buchstäblich anflehte, wieder mit nach oben zu gehen. Mutter verstand meine Angst und ging mit. Auch sonst haben wir große Angst, daß die Nachbarn uns hören oder sehen könnten.*

(BBC zu hören war natürlich verboten, wie jedes Hören eines »Feindsenders«.)

Eine zweite konkrete Angst taucht immer wieder im Tagebuch auf: die Angst vor Flugzeugen und Schießereien. Bezeichnend für Annes Reaktion darauf ist der Eintrag vom 10. März 1943: *Gestern abend hatten wir Kurzschluß, und außerdem ballerten sie unaufhörlich. Ich habe meine Angst vor Schießereien und Flugzeugen noch nicht abgelegt und liege fast jede Nacht bei Vater im Bett, um Trost zu suchen. Das ist vielleicht sehr kindisch, aber Du müßtest das mal mitmachen! Man kann sein eigenes Wort nicht mehr verstehen, so donnern die Kanonen.* Was ihr hier angst macht, ist zweierlei: die Bedrohung von außen wird unüberhörbar, überfällt sie als Kanonendonner, und – sie fühlt sich der Bedrohung hilflos ausgeliefert. Wie reagiert sie? Sie flüchtet sich zu ihrem Vater, jedoch nicht mehr um Schutz zu suchen, wie es ein Kind getan hätte, inzwischen weiß sie, daß er ihr nur Trost geben kann.

Beide Ängste, die Angst vor Entdeckung und vor dem Schießen, sind an reale Anlässe gebunden, sie tauchen in bestimmten Situationen auf und verschwinden wieder.

Das ändert sich mit dem Eintrag vom 2. Mai 1943: Herr van Pels habe gesagt, sie müßten noch bis Ende 1943 im Hinterhaus bleiben. Das sei zwar lange, meint Anne, aber doch auszuhalten. Und dann tauchen zum erstenmal auch bei ihr Zweifel an einem guten Ausgang des ›Abenteuers‹ auf. Sie sieht den Weg, den sie vor sich hat, in einem dunklen Licht: *Doch wer gibt uns die Zusicherung, daß dieser Krieg, der jedem nur Leid und Kummer bereitet, dann vorbei sein wird? Und wer kann uns versprechen, daß bis dahin weder mit uns noch mit unseren Helfern nicht längst was passiert ist? Doch niemand! Und darum leben wir auch jeden Tag in Anspannung. Einer Anspannung von Erwartung und Hoffnung, aber auch von Angst, wenn man im Haus oder draußen Geräusche hört, wenn geschossen wird oder wenn neue »Bekanntmachungen« in der Zeitung stehen.*

Sie fällt in diese neuen, tieferen Ängste hinein und findet keinen Weg, sich zu befreien. Einmal bekommt sie *eine Todes-*

*angst,* als die anderen überlegen, ob man es wagen könnte, sie zu einem Augenarzt zu schicken, weil sie eine Brille braucht. Und am 16. September schreibt sie: *Ich schlucke jeden Tag Baldriantabletten, gegen Angst und Depression, aber das verhütet doch nicht, daß meine Stimmung am Tag darauf noch miserabler ist.*

In diesem zweiten Halbjahr 1943 hängt ihre Angst nicht mehr nur von ihrer Situation im Hinterhaus ab, sie wird umfassend, existentiell. Anne empfindet ihr Ausgesetztsein in der Welt, sie fragt nach dem Sinn des Lebens. Besonders deutlich wird das in ihren Einträgen vom 29. Oktober und 8. November 1943, das Eingesperrtsein ist zum Symbol für Hoffnungslosigkeit und Ausgeliefertsein geworden. Sie legt sich auf die Couch und schläft, *um die Stille und auch die schreckliche Angst abzukürzen, denn abzutöten sind sie nicht.*

Am 9. November gesteht Anne, sie könne sich überhaupt nicht mehr vorstellen, daß die Welt um sie herum wieder normal würde, sie spreche zwar noch über ›nach dem Krieg‹, aber wie über ein Luftschloß. Und dann findet sie eine sehr dramatische und ergreifende Metapher für ihre innere Verfassung: *Ich sehe uns acht im Hinterhaus, als wären wir ein Stück blauer Himmel, umringt von schwarzen, schwarzen Regenwolken. Das runde Fleckchen, auf dem wir stehen, ist noch sicher, aber die Wolken rücken immer näher, und der Ring, der uns von der nahenden Gefahr trennt, wird immer enger. Jetzt sind wir schon so dicht von Gefahr und Dunkelheit umgeben, daß wir in der verzweifelten Suche nach Rettung aneinanderstoßen. Wir schauen alle nach unten, wo die Menschen gegeneinander kämpfen, wir schauen nach oben, wo es ruhig und schön ist, und wir sind abgeschnitten durch die düstere Masse, die uns nicht nach unten und nicht nach oben gehen läßt, sondern vor uns steht wie eine undurchdringliche Mauer, die uns zerschmettern will, aber noch nicht kann. Ich kann nichts anderes tun, als zu rufen und zu flehen: »O Ring, Ring, werde weiter und öffne dich für uns!«*

Tiefe Verzweiflung, und noch immer kein Gott. Aber sie ist nahe daran. Sie hält ihre Angst und ihr Ausgeliefertsein nicht

mehr aus, sie braucht einen Helfer und Retter. Wer anders
könnte ihr da die Zuversicht geben, die ihr die Realität nicht
bieten kann, als der, der für alles verantwortlich ist?

Am 27. November 1943 schreibt Anne zum erstenmal vom
Beten und bittet Gott direkt, ihr zu helfen. Von da an übernehmen Gott und die Natur – beide austauschbar – die
Funktion, sie zu trösten, ihr Mut zu machen und ihr die Angst
zu nehmen. So notiert sie am 30. Januar 1944: *Gestern bin ich
ganz allein im Dunkeln hinuntergegangen. Ich stand oben an
der Treppe, deutsche Flugzeuge flogen hin und her, und ich
wußte, daß ich ein Mensch-für-sich-selbst bin, der nicht mit der
Hilfe anderer rechnen darf. Meine Angst war verschwunden.
Ich sah hinauf zum Himmel und vertraute auf Gott.* Diese Zuversicht bleibt ihr erhalten. Am 23. Februar 1944 schreibt sie:
*Für jeden, der Angst hat, einsam oder unglücklich ist, ist es
bestimmt das beste Mittel, hinauszugehen, irgendwohin, wo er
ganz allein ist, allein mit dem Himmel, der Natur und Gott.
Dann erst, nur dann, fühlt man, daß alles so ist, wie es sein soll,
und daß Gott die Menschen in der einfachen und schönen Natur
glücklich sehen will.*

Ihre Lebensangst ist verschwunden, nur die konkreten, situa-
tionsbedingten Ängste sind geblieben. Ihre Erzählung
»Angst«[72] kann man als Schlüsselgeschichte für ihre eigene
Angst und die Zuflucht bei Gott-Natur sehen. Anne läßt ihre
Ich-Erzählerin rückblickend von einer bedrohlichen Bombar-
dierung erzählen, die ihr so große Angst machte, daß sie nicht
mehr an ihre Eltern, ihre Brüder oder Schwestern dachte, nur
an sich selbst, daß sie wegmußte, nur fort. Plötzlich stand sie
auf einer Wiese. Sie sah zum Himmel und merkte, daß sie
keine Angst mehr hatte, im Gegenteil, sie war ruhig.

Daneben erfüllte Gott noch eine andere Funktion für Anne
Frank: die einer moralischen Instanz, die sie keinem Menschen zugestand. Am 6. Juli 1944 schreibt sie: *Menschen, die
eine Religion haben, dürfen froh sein, denn es ist nicht jedem
gegeben, an überirdische Dinge zu glauben. Es ist nicht mal
nötig, Angst zu haben vor Strafen nach dem Tod. Das Fege-
feuer, die Hölle und der Himmel sind Dinge, die viele nicht*

*akzeptieren können. Trotzdem hält sie irgendeine Religion, egal welche, auf dem richtigen Weg. Es ist keine Angst vor Gott, sondern das Hochhalten der eigenen Ehre und des Gewissens.*

Anne Frank hat jemanden gebraucht, der ihr ihre Ängste abnahm, als sie unerträglich wurden, damit sie wieder zu sich selbst finden konnte. Mancher wird sagen: Sie glaubte an Gott wie ein Kind, das laut pfeift, wenn es Angst vor der Dunkelheit hat. Und wenn schon? Sie hat es geschafft, unter bedrohlichsten Bedingungen Hilfe zu finden.

Fast automatisch stelle ich mir die Frage: Wie war das später, in Auschwitz, in Bergen-Belsen? Hat sie sich auch dort ihren Gott erhalten können?

Ich würde es gerne glauben.

## 16

*Ein Bündelchen Widerspruch*

# Annes Schwierigkeiten mit sich selbst

Wir sind gewöhnt, Anne Frank als eine früh gereifte, früh weise gewordene Persönlichkeit zu sehen. Doch in Wirklichkeit war sie wohl sehr problematisch, vor allem für sich selbst. Auch für die anderen dürfte sie oft unbequem gewesen sein, nicht nur wegen ihrer scharfen Beobachtungsgabe, sondern auch wegen ihrer scharfen Zunge.

In ihrem letzten Eintrag vom 1. August 1944 schreibt sie: *Wie schon gesagt, ich fühle alles anders, als ich es ausspreche. Dadurch habe ich den Ruf eines Mädchens bekommen, das Jungen nachläuft, flirtet, alles besser weiß und Unterhaltungsromane liest. Die fröhliche Anne lacht darüber, gibt eine freche Antwort, zieht gleichgültig die Schultern hoch, tut, als ob es ihr nichts ausmacht.* So ist sie nach außen. Nach innen sieht es ganz anders aus: *Aber genau umgekehrt reagiert die stille Anne. Wenn ich ganz ehrlich bin, muß ich Dir bekennen, daß es mich trifft, daß ich mir unsagbar viel Mühe gebe, anders zu werden, aber daß ich immer wieder gegen stärkere Mächte kämpfe.*

Diese stärkeren Mächte lagen nicht außerhalb, sondern in ihr selbst, das heißt, sie kämpfte gegen sich. Ihre Bemühungen um Selbstverbesserung, um die Vorherrschaft des ›Guten‹ in ihr, zeigen, daß ihr das ›Gute‹ nicht angeboren war. Selbst ihr Kampf um Stärke muß unter diesem Gesichtspunkt gesehen werden. Sie kannte ihre Fehler und Schwächen und kämpfte gegen sie. Dieser Drang zur Selbsterziehung, zur Selbstvervollkommnung, wurde sicher durch ihren Vater noch gefördert. Er hatte ihr bereits 1939 in einem Brief, den sie später in ihr Tagebuch klebte, geschrieben: »Oft habe ich Dir gesagt, dass Du Dich selbst erziehen musst, wir haben das ›control‹ miteinander ausgemacht [...].«[73]

Ihr Kampf um Selbstvervollkommnung, soweit ihn das Tagebuch dokumentiert, beginnt am 28. September 1942 damit, daß Anne bekennt, Fehler und Mängel zu haben. Doch da wird diese Einsicht nur verteidigend vorgetragen und hat noch keine Konsequenzen.

Schon zwei Monate später, am 28. November 1942, zeigt sich, daß Anne ernstlich besorgt und verwirrt ist wegen ihrer vielen Schwächen: *Abends im Bett, wenn ich über meine vielen Sünden und angedichteten Mängel nachdenke, komme ich so durcheinander durch die große Zahl der Dinge, die betrachtet werden müssen, daß ich entweder lache oder weine, je nach meiner inneren Verfassung. Und dann schlafe ich mit dem verrückten Gefühl ein, anders sein zu wollen als zu sein oder anders zu sein als zu wollen oder vielleicht auch anders zu tun als zu wollen oder zu sein.*

Die Schonungslosigkeit, mit der sie nun den Kampf gegen ihre Schwächen aufnahm, führte wohl auch dazu, daß sie für die Schwächen ihrer Mituntergetauchten wenig Erbarmen aufbrachte. Im Rückblick, am 7. März 1944, beschreibt sie ihre Kämpfe so: *Ich stand allein vor der schwierigen Aufgabe, mich so zu verändern, daß ich keine Tadel mehr hören mußte, denn die drückten mich nieder bis zur schrecklichen Mutlosigkeit.* Und am 13. Juni 1944: *Ich kenne meine zahllosen Fehler und Mängel besser als jeder andere, nur mit dem Unterschied, daß ich auch weiß, daß ich mich bessern will, mich bessern werde und mich schon sehr gebessert habe.*[74]

Und am 6. Juli 1944 gibt sie sogar ein Rezept, wie man den Kampf gegen eigene Fehler und Charakterschwächen anfangen und gewinnen kann. *Wie schön und gut wären alle Menschen, wenn sie sich jeden Abend die Ereignisse des Tages vor Augen riefen und prüften, was an ihrem eigenen Verhalten gut und was schlecht gewesen ist. Unwillkürlich versucht man dann jeden Tag von neuem, sich zu bessern, und selbstverständlich erreicht man dann im Laufe der Zeit auch einiges. Dieses Mittel kann jeder anwenden, es kostet nichts und ist sehr nützlich. Denn wer es nicht weiß, muß es lernen und erfahren:* »*Ein ruhiges Gewissen macht stark!*« (Ich nehme an, daß sie das wirklich so gemacht hat, daß es ihre Strategie war, die Außen-Anne mit der Innen-Anne zu versöhnen, indem sie der Innen-Anne ihre Zeit und ihre Rechte regelmäßig einmal am Tag zubilligte.)

Es war keineswegs so – auch wenn es manchmal so scheint –, daß Anne sich nur den anderen zuliebe bessern wollte, also um ein liebes Mädchen zu sein, das sich keine Tadel anhören muß. Mit dem Projekt Selbsterziehung verband sie auch die Hoffnung, Gestalt anzunehmen, ihre inneren Widersprüche, die ihr unheimlich waren, vielleicht versöhnen zu können. Ihre ganze Entwicklung stand im Zeichen dieses Kampfes mit der eigenen Widersprüchlichkeit.

Anne war, so könnte man sagen, das personifizierte Einerseits-Andrerseits, was in ihrem Fall nicht schwankende Unsicherheit heißt, sondern daß ihre Persönlichkeit zwei Seiten hatte, die in ständigem Widerstreit lagen. Einerseits war sie ein hochsensibles, dünnhäutiges Mädchen, andrerseits spöttisch und frech. Einerseits verfügte sie über eine höchst genaue Beobachtungsgabe und über einen scharfen Verstand, andrerseits spürte sie eine tiefe romantische Sehnsucht. Einerseits entwickelte sie genaue Vorstellungen von einer unabhängigen Zukunft als Journalistin, andrerseits träumte sie vom Heiraten und Kinderkriegen.

Auch ihre Gefühle und Stimmungen waren gekennzeichnet von Gegensatz und Zwiespalt: euphorische Glücksgefühle und depressive Zustände, Lebenslust und Angst, Hoffnung und Resignation. *Ein Bündelchen Widerspruch*, so hat sie sich selbst genannt.

Dieses Widersprüchliche ihrer Person empfinde auch ich sehr deutlich, allerdings nicht, wie Anne selbst, als etwas Unheimliches. Im Gegenteil, ich freue mich für sie, weil sich darin ihr innerer Reichtum ausdrückt. Womit ich mich jedoch ein bißchen schwertue, das gebe ich zu, ist die Überheblichkeit, mit der Anne ihre Ansprüche an das Leben formuliert. Sie wollte nicht dies oder das, sondern beides. Und sie erhob sich über andere, die in ihren Augen ›weniger‹ wollten. Am 8. Mai 1944 schreibt sie: *Ich versichere Dir, daß ich keinesfalls auf ein so*

*beschränktes Leben aus bin, wie Mutter und Margot sich das
wünschen. Ich würde gern ein Jahr nach Paris und ein Jahr nach
London gehen, um Sprachen zu lernen und Kunstgeschichte zu
studieren. Vergleich das mal mit Margot, die Säuglingsschwester in Palästina werden will. Ich male mir immer schöne
Kleider und interessante Menschen aus. Ich will etwas sehen und
erleben in der Welt, das habe ich Dir schon öfter gesagt, und ein
bißchen Geld kann dabei nicht schaden!*

Nun ja, sie war vierzehn, als sie dies schrieb. Daß sie vom
›großen Leben‹ träumte, war ihr gutes Recht. Aber es war,
vom Gestus her, schon auch der Traum einer höheren Tochter
aus gutem Hause, in deren Träumen sich auch Spuren des
sozialen Selbstbewußtseins ihrer Schicht wiederfinden.

Für uns alle ist Anne Frank ein Mädchen geblieben, eine junge
Frau. Dabei wäre sie heute über sechzig Jahre alt. Wie wäre sie
geworden? Wohin hätte sie ihre Talente entwickelt? Welche
ihrer Träume hätte sie realisiert? Hätten sich ihre Widersprüche inzwischen geglättet? – All diese Spekulationen sind
müßig. Vergebliche Annäherungsversuche an ein Leben, das
nicht gelebt werden durfte. Anne Frank war noch nicht mal
sechzehn Jahre alt, als sie ermordet wurde.

\*

Jan Romein schrieb in seinem Artikel »Die Kinderstimme«:
»Für mich ist im Schicksal dieses jüdischen Mädchens das
größte Verbrechen zusammengefaßt, das der auf ewig verab-
scheuenswerte Geist beging. Denn das größte Verbrechen ist
nicht die Vernichtung von Leben und Kultur an sich: diese
können auch einer Kultur erschaffenden Revolution zum Opfer fallen, sondern es ist das Verstopfen der Quellen dieser
Kultur, die Vernichtung von Leben und Talent aus einem pu-
ren, dummen Vernichtungstrieb heraus.«[75]

# 17
## Verhaftung und Deportation

Das Tagebuch, das Anne Frank in der Zeit vom 12. Juni 1942 bis zum 1. August 1944 geschrieben hat, wurde und wird von vielen Menschen gelesen. Sie stoßen irgendwann auf den knappen Satz, der nach dem letzten Eintrag steht:

»Hier endet Annes Tagebuch.«

Aber hier endete nicht ihr Leben. Hier fing erst ein Leben an, das wir uns in seiner Grausamkeit und seinem Leiden kaum vorstellen können. Viele wollen es sich vielleicht auch gar nicht vorstellen. Natürlich weiß man, daß Anne Frank in Bergen-Belsen gestorben ist, doch von den sieben Monaten, die sie nach der Verhaftung noch lebte, möchte man lieber nichts Genaueres erfahren. Aber diese sieben Monate gehören zu ihrem Leben. Sieben Monate sind lang, wenn man fünfzehn ist, sehr lang. Sieben Monate sind unendlich lang, wenn man in einem deutschen Konzentrationslager lebt und versuchen muß, von einem Tag zum anderen zu überleben. Jeder Tag ist da ein ganzes Leben.

»Hier endet Annes Tagebuch.« Das war am 1. August 1944, es ist das Datum ihres letzten Eintrags. Am 4. August wurde Anne zusammen mit den anderen sieben Untergetauchten abgeholt. Sie wurden verraten, das weiß man. (Von den gut 25.000 Juden, die zwischen 1940 und 1945 in den Niederlanden untertauchten, fielen etwa acht- bis neuntausend den Deutschen in die Hände. Die Gründe dafür waren: Razzien der Deutschen und ihrer niederländischen Helfershelfer, Zufall, Unvorsichtigkeit, Verrat.[76])

Wer die acht Menschen im Hinterhaus verraten hat, weiß man bis heute nicht. Gegen einen Lagerarbeiter aus der Firma wurde nach dem Krieg zweimal ermittelt, aber die Ergebnisse reichten für eine Anklageerhebung nicht aus. Bekannt hingegen ist der Name des SS-Oberscharführers Karl Silberbauer, der die Verhaftung vornahm. Silberbauer war 1939 der SS beigetreten und diente bis zu seiner Versetzung zur Außenstelle IV B$_4$ (das sogenannte Judenreferat) als Polizist in seiner Heimatstadt Wien, wo er nach dem Krieg wieder seinen Dienst aufnahm. Auch gegen ihn wurde später ermittelt. Eine Aussage Otto Franks, Silberbauer habe erkennbar im Auftrag gehandelt und sich bei der Verhaftung korrekt verhalten, soll entscheidend dazu beigetragen haben, daß Silberbauer in seine alte Stellung zurückkehren konnte. (Ein Mann der Rache war Otto Frank also ganz sicher nicht.[77])

Damals, am 4. August, wurde Silberbauer von bewaffneten niederländischen Zivilisten begleitet, er jedoch verhaftete die Untergetauchten.

Die Gefangenen wurden zum Hauptquartier des SD (Sicherheitsdienst des Reichsführers-SS) gebracht, von dort einen Tag später in das frühere Internierungslager Westerbork, das nun »Judendurchgangslager« hieß. Dort blieben sie einen ganzen Monat lang. Eine der Hauptarbeiten in Westerbork war das Batteriespalten, eine Tätigkeit, bei der man sehr schmutzig wurde und husten mußte, weil ein die Atemwege reizender Stoff ausgeschieden wurde.[78] Rachel van Amerongen-Frankfoorder, die in Westerbork im Innendienst arbeitete, erzählt, Otto Frank sei zu ihr gekommen und habe sie gebeten, Anne beim Putzen helfen zu lassen, das sei aber leider nicht möglich gewesen.[79] Vermutlich hat Anne, wie die meisten anderen auch, bei den Batterien gearbeitet.

Von Westerbork aus waren bisher jede Woche die Transporte »in den Osten« gegangen, wie die Deutschen es nannten. Doch nun, im August 1944, einige Wochen nach der Invasion, fühlten sich die Inhaftierten sicher. Sie glaubten nicht mehr daran, daß es den Deutschen gelingen würde, sie nach Polen zu bringen. Als aber die Alliierten Anfang September gerade die Südgrenze der Niederlande erreicht hatten, kam es doch noch zu einem Transport nach Auschwitz, dem letzten von Wester-

bork aus, am 3. September 1944. Alle acht Juden aus
dem Hinterhaus befanden sich in diesem Transport. Er
fand in Viehwaggons statt, die Menschen waren, ohne Essen
und Trinken, ohne Toiletten, ganz eng zusammengepfercht.
Nur wer das Glück hatte, an der Wand zu stehen, konnte sich manchmal hinhocken. Der Transport dauerte drei
Tage.

Bloeme Evers-Emden kannte Margot und Anne noch von der
Schule, sie war in Margots Parallelklasse gewesen. Nun traf sie
die Franks in Westerbork und war auch im letzten Transport
mit dabei. Sie beschreibt die Ankunft so:

»Von den unzählbaren Stunden im Zug von Westerbork nach
Auschwitz weiß ich nur sehr wenig. Ich erinnere mich an das
Aneinandergedrücktsein, keinen Platz zu haben und wegzu-
sacken in den Schlaf, mehr nicht.

Aber ich erinnere mich an die Ankunft. Endlich gingen die
Türen des Waggons auf, und Männer in blau-weiß gestreiften
Anzügen standen vor uns. Sie schrien und schlugen uns aus den
Waggons. Ich erinnere mich auch, daß ich plötzlich eine Frau
mit einem dieser Anzüge sprechen sah, woraus ich schloß, daß
sie Bekannte waren. Da erst verstand ich, daß sie ebenfalls
Häftlinge waren.

Wir wurden mit unserem Gepäck zu einem großen Platz geführt, der von unheimlich starken Lampen angestrahlt wurde,
so stark, daß ich das Gefühl hatte, sie wären Monde. Ich dachte, wir sind auf einem anderen Planeten. Diese verrückte Idee
paßte in meine Wahrnehmung; ich glaube, daß diese Fahrt das
Bewußtsein sehr getrübt hatte, und dadurch konnten Gedanken auftauchen, die nicht der normalen Wirklichkeit entspran-
gen. Ich dachte: wir sind auf einem anderen Planeten ange-
kommen nach dieser Reise, und hier gibt es drei Monde.

Der Platz war schlammig. Manche Leute stampften ihre Wertsachen in den Boden.

Dann kamen wir in Räume, wo wir uns entkleiden mußten.
Das hat mich wahnsinnig geschockt. Ich war achtzehn, keusch
und nach der herrschenden Moral erzogen. Ich genierte mich
selbstverständlich und war schamhaft. Ich erinnere mich an ein

hörbares Krachen in meinem Kopf, davon, daß ich buchstäblich bloßgestellt wurde vor den Augen von Männern. Und dann schoß es mir wie ein Blitz durch den Kopf, daß ab jetzt andere Normen und Werte galten, daß ich mich anpassen mußte und daß ein vollständig neues Leben anfing oder der Tod wartete.«[80]

Mit diesem Transport waren insgesamt 1.019 Menschen nach Auschwitz gekommen. Sofort nach der Ankunft, noch auf der Rampe, fand die Selektion statt. 258 Männer und 212 Frauen wurden ins Lager aufgenommen und bekamen eine Nummer auf den linken Arm tätowiert, die übrigen 549 Personen aus dem Transport, darunter alle Kinder unter fünfzehn Jahren, wurden sofort vergast.

Gleich nach ihrer Ankunft wurden die Familien getrennt, die Frauen kamen in das Frauenlager 29. Es gibt Berichte, daß Herr van Pels zu jenen gehörte, die gleich nach ihrer Ankunft vergast wurden. Fritzi Frank erzählt die Geschichte so: Otto Frank, Herr van Pels, Peter und Dr. Pfeffer blieben in Auschwitz zusammen. Peter kam zur Poststelle, die anderen drei zum ›Außendienst‹. Nach einiger Zeit verletzte sich Herr van Pels am Daumen und fragte den Kapo, ob er den nächsten Tag Zimmerdienst machen könne statt Außendienst. Dies wurde ihm bewilligt. An jenem Tag wurden in allen Baracken Männer zur Vergasung selektiert, unter ihnen war auch Herr van Pels.[81]

Der zweite, der ermordet wurde, war Fritz Pfeffer, er starb am 20. Dezember 1944 im Konzentrationslager Neuengamme. (Deportationen noch arbeitsfähiger Häftlinge von Auschwitz in andere Lager fanden häufiger statt.) Von Frau van Pels ist das Todesdatum nicht bekannt, man weiß lediglich, daß sie von Auschwitz nach Bergen-Belsen, von dort nach Buchenwald und dann nach Theresienstadt verschleppt wurde. Das Niederländische Rote Kreuz gibt als Zeitpunkt ihres Todes an: zwischen dem 9. April und dem 8. Mai 1945 in Deutschland oder in der Tschechoslowakei. Peter starb am 5. Mai 1945, drei Tage vor der Befreiung des Lagers, in Mauthausen.

Frau Frank, Margot und Anne waren zusammen in Auschwitz-

Birkenau. Lenie de Jong-van Naarden berichtet:»Frau Frank
hat sich in der Zeit, die wir in Auschwitz waren – ungefähr zwei
Monate –, große Mühe gegeben, ihre Kinder am Leben
zu erhalten, bei ihnen zu bleiben, sie zu beschützen. Natürlich haben wir miteinander gesprochen, aber man konnte
überhaupt nichts tun, nur Ratschläge geben wie: ›Laß
sie nicht allein zur Latrine gehen.‹ Denn sogar auf dem
Weg von der Baracke zur Latrine konnte etwas passieren.
Man lief zufällig einem SS-Mann vor die Füße, ganz zufällig,
und mit dem Leben war es aus. Sie schlugen Leute
einfach tot, das machte ihnen nichts aus, ein Mensch war
nichts.«[82]
Sie erinnert sich auch, daß Anne und Margot in den Krätze-
block kamen. Frau Frank habe ihre Brotration nicht selbst
gegessen, sondern für ihre Kinder gespart. Sie hätten ein Loch
unter der Holzwand des Krätzeblocks gegraben, und Margot
habe das Stück Brot genommen und mit Anne geteilt.
Anne und Margot blieben keine zwei Monate in Auschwitz-
Birkenau, dann wurden sie nach Bergen-Belsen »überstellt«,
das Konzentrationslager in der Lüneburger Heide. (Edith
Frank blieb in Auschwitz zurück. Sie starb dort am 6. Januar
1945 an Hunger und Erschöpfung.)
Bergen-Belsen galt ursprünglich als ›besseres‹ Lager, wurde
auch als »Austauschlager« bezeichnet, weil es für Juden
errichtet worden war, die gegen Deutsche ausgetauscht werden sollten, die sich außerhalb des Machtbereichs der Nazis
befanden. (Zu einem solchen Austausch ist es auch
gekommen, Clara Asscher-Pinkhoff berichtet in ihrem
Buch »Sternkinder«[83] darüber, ein zweiter Austausch war geplant, doch in den Wirren des Kriegsendes kamen die
Häftlinge nicht aus Deutschland hinaus.) Ein ›besseres‹
Lager also, kein Vernichtungslager, es wurde dort zumindest
nicht planmäßig gemordet. Doch im Herbst 1944
änderten sich die Zustände. Als Ende Oktober und Anfang
November die Transporte aus Auschwitz-Birkenau ankamen,
die insgesamt 3.695 »kranke, aber potentiell wiederherstel-
lungsfähige Frauen« umfaßten, waren noch keine neuen

Baracken für sie fertig, sie mußten in der Kälte in völlig über-
belegten Zelten schlafen. Nach einer Woche raste ein
Herbststurm über die Heide, etliche Zelte wurden weg-
gefegt.

Das Lager war also überfüllt, als Anne und Margot dort ankamen, und die Überbelegung nahm noch zu, hygienische
Einrichtungen fehlten. Die SS konnte in dem wachsenden
Chaos keine Ordnung mehr halten, sie beschränkte sich allmählich nur noch auf die Bewachung des Lagers, um
Fluchtversuche zu verhindern. Krankheiten brachen aus und
konnten, da es fast keine Medikamente gab, nicht geheilt werden. Besonders die Typhusepidemie, die Anfang 1945
ausbrach, bewirkte, daß von den 125.000 Juden, die in Bergen-
Belsen waren, ungefähr 50.000 ›umkamen‹, weitaus die meisten von ihnen in den letzten Monaten vor und in den ersten
Wochen nach der Befreiung.

Hanneli Goslar, die Kinderfreundin, von Anne bereits totge-
glaubt, hat Bergen-Belsen überlebt. Sie erzählt, eines Tages
habe ihr jemand gesagt, daß Anne im Lager sei. Das neu er-
richtete Lager war von dem ihren durch Stacheldraht getrennt,
Hanneli ging hin und rief nach Anne. Anne wurde geholt.
Sehen konnten sie sich nicht, da es dunkel war und die mit
Stroh gefüllte Stacheldrahtabsperrung zwischen ihnen stand.
Doch sie sprachen miteinander.

»Das war nicht dieselbe Anne, die ich gekannt habe. Sie war
ein gebrochenes Mädchen. Ich war vielleicht auch so, aber es
war schrecklich. Sie fing sofort an zu weinen und erzählte mir:
›Ich habe keine Eltern mehr.‹ Daran erinnere ich mich mit
absoluter Sicherheit. Es war schrecklich schade, denn sie hat es
natürlich nicht besser wissen können. Sie dachte, ihr Vater sei
sofort vergast worden. Aber Herr Frank sah noch sehr jung
und gesund aus, und die Deutschen haben natürlich nicht gesehen, wie alt jeder war, den sie vergasen wollten, sondern
haben nur nach dem Aussehen selektiert. [...] Ich denke
immer, wenn Anne gewußt hätte, daß ihr Vater noch lebte,
hätte sie vielleicht mehr Kraft gehabt, um zu überleben,
denn sie ist ja sehr kurz vor dem Ende gestorben, ein paar

Tage vorher. Aber vielleicht ist alles vorbestimmt. [...]
Sie erzählte mir, daß Margot sehr krank sei. [...] Dann
sagte sie: ›Wir haben überhaupt nichts zu essen hier, fast
nichts, und wir frieren, wir haben überhaupt keine Kleider,
und ich bin sehr mager, und man hat mich kahlgescho-
ren.‹«[84]
Hanneli hatte gerade ein sehr kleines Rot-Kreuz-Päckchen
bekommen, das erste seit ihrer Ankunft vor einem Jahr. Sie
nahm, was sie hatte – auch ihre Freundinnen gaben etwas dazu –, packte ein Päckchen und warf es am nächsten Tag für
Anne über den Zaun. Doch eine Frau neben Anne fing das
Päckchen auf und gab es nicht mehr her. Anne war verzweifelt,
doch Hanneli versprach ihr ein anderes Päckchen. Das klappte
ein paar Tage später, aber es war auch das letzte Mal, daß
Hanneli mit Anne Kontakt hatte.
Auch Janny Brandes-Brilleslijper hat Auschwitz und Bergen-
Belsen überlebt, zusammen mit ihrer Schwester Lien (die spä-
ter in der DDR unter dem Namen Lin Jaldati als Sängerin
jiddischer Lieder bekannt wurde). Sie sagt, es sei so wichtig
gewesen, zu zweit zu sein, die Verantwortung für noch einen
Menschen zu haben. Janny und Lien arbeiteten in Bergen-
Belsen als Krankenschwestern, und Janny erzählt, daß Anne
und Margot an Typhus erkrankten. Irgendwann in den letzten
Tagen habe Anne, in eine Decke gehüllt, vor ihr gestanden.
»Sie hatte keine Tränen mehr, ach, die hatten wir längst nicht
mehr, und sie erzählte, es hätte ihr so gegraut vor den Tieren
in ihren Kleidern, daß sie alle ihre Kleider weggeworfen hätte.
Es war ein harter Winter, und sie war in eine einzige Decke
gehüllt. Ich habe alles, was ich finden konnte, zusammenge-
rafft, um es ihr zu geben, so daß sie wieder angezogen war. Zu
essen hatten wir selbst auch nicht viel, und Lientje war
schrecklich krank, aber ich habe Anne etwas von unserer
Brotration gegeben.«[85] Als Janny drei Tage später nach
Anne und Margot schauen wollte, waren beide tot.
Beide hatten Typhus. Damit war ihr Schicksal besiegelt. (Nein,
nicht Schicksal, sie wurden mit Typhus getötet, ebenso mör-
derisch, als hätte jemand sie eigenhändig umgebracht.)

Von Rachel van Amerongen-Frankfoorder, die in Bergen-Belsen in derselben Baracke wie Anne und Margot untergebracht war, haben wir folgenden Bericht:
»Die Mädchen Frank waren schon stark abgemagert und sahen schrecklich aus. Sie zankten sich oft wegen ihrer Krankheit, denn daß sie Typhus hatten, war deutlich, das sah man, auch wenn man früher nie etwas damit zu tun gehabt hatte. Typhus war das Kennzeichen von Bergen-Belsen. Sie bekamen diese ausgehöhlten Gesichter, Haut über den Knochen. Sie froren schrecklich, weil sie die ungünstigsten Plätze der Baracke hatten, unten an der Tür, die ständig auf und zu ging. Man hörte sie dauernd schreien: ›Tür zu, Tür zu‹, und diese Rufe wurden jeden Tag etwas schwächer.
Man sah sie wirklich sterben, beide, zusammen mit anderen. Aber das Traurige war natürlich, daß diese Kinder noch so jung waren. Ich fand es immer schrecklich, wenn Kinder noch überhaupt nichts vom Leben gehabt hatten. Sie waren die Jüngsten bei uns, wir anderen waren alle etwas älter.
Die Erscheinungen von Typhus zeigten sich deutlich bei ihnen: das langsame Wegebben, eine Art Apathie, vermischt mit Aufleben, bis auch sie so krank wurden, daß es keine Hoffnung gab. Ihr Ende kam. Ich weiß nicht, wer eher hinausgetragen wurde, Anne oder Margot. Ich sah sie plötzlich nicht mehr, so daß ich annehmen mußte, daß sie gestorben waren, besondere Aufmerksamkeit habe ich ihnen nicht geschenkt, weil so viele andere da waren, die auch starben. Als ich sie nicht mehr sah, habe ich angenommen, daß sie gestorben sind, dort unten auf dem Bett. Eines schönen Tages waren sie nicht mehr da, eines schlechten Tages eigentlich.
Die Toten wurden immer hinausgetragen und vor die Baracke gelegt. Wenn man morgens hinausgelassen wurde, um zur Latrine zu gehen, mußte man an ihnen vorbei. Das war immer genauso schrecklich wie der Gang zur Latrine selbst, weil allmählich jeder Typhus hatte. Vor den Baracken stand eine Art Schubkarren, in den man sein Bedürfnis verrichten konnte. Manchmal mußte man diesen Schubkarren auch zur Latrine bringen. Das war sehr, sehr schlimm. Vermutlich bin

ich auf einem dieser Gänge zur Latrine auch an den
Leichen der Schwestern Frank vorbeigegangen, an einer oder
an allen beiden, das weiß ich nicht. Ich habe damals angenommen, daß auch die Leichen der Mädchen Frank vor die
Baracke gelegt wurden. Und dann wurden die Haufen wieder
weggeräumt. Es wurde eine große Grube gegraben, da
wurden sie hineingeschmissen, so kann man es wohl sagen.
Das muß ihr Schicksal gewesen sein, weil es mit anderen
Menschen auch so gelaufen ist. Ich habe keinen Grund
anzunehmen, daß es mit ihnen anders abgelaufen ist als mit
allen anderen Frauen, die bei uns in dieser Zeit gestorben
sind.«[86]

Hier endete Annes Leben.

# Zeittafel

*12. Juni 1929*: Annelies Marie Frank, genannt Anne, wird in Frankfurt geboren. (Ihre Schwester Margot ist am 16. Februar 1926 geboren.)

*1933*: Machtübernahme Adolf Hitlers. Verabschiedung der ersten judendiskriminierenden Gesetze. Während der folgenden Jahre immer neue Verordnungen zur Aufhebung der bürgerlichen Gleichberechtigung der Juden.
Otto Frank emigriert nach Amsterdam und gründet dort eine Firma. Seine Frau Edith und Margot folgen Ende des Jahres, Anne im Februar 1934.

*9./10. November 1938*: Organisierte Pogrome in ganz Deutschland (»Reichskristallnacht«).

*1. September 1939*: Mit dem deutschen Angriff auf Polen beginnt der Zweite Weltkrieg.

*1939/40*: Beginn der Deportationen von Juden in Ghettos und Konzentrationslager.

*10. Mai 1940*: Besetzung der Niederlande durch deutsche Truppen. Im folgenden Jahr treten auch hier die Judengesetze in Kraft.

*1. September 1941*: Einführung des »Judensterns« in Deutschland, ab Mai 1942 in den Niederlanden.

*Dezember 1941*: Beginn der Massenvernichtung von Juden.

*20. Januar 1942*: Auf der »Wannsee-Konferenz« wird die »Endlösung der Judenfrage« beschlossen (Dezimierung durch Zwangsarbeit bei unzureichender Ernährung; »entsprechende Behandlung« des »Restbestandes«).

*Juni 1942*: Erste Massenvergasungen in Auschwitz.

*16. Juni 1942*: Anne erhält zum 13. Geburtstag ein Poesiealbum. Sie beginnt, Tagebuch zu führen.

*5. Juli 1942*: Aufruf für Margot, sich zum ›Arbeitseinsatz im Osten‹ zu melden. Am nächsten Tag zieht die Familie Frank in das vorbereitete Versteck an der Prinsengracht 263. Die Familie van Pels folgt am 13. Juli.

*16. November 1942*: Fritz Pfeffer zieht ins Hinterhaus ein.

*6. Juni 1944*: Beginn der Invasion der westlichen Alliierten.

*4. August 1944*: Verhaftung der acht Untergetauchten, einschließlich Kleiman und Kugler.

*5. August 1944*: Die acht Juden aus dem Hinterhaus werden ins »Judendurchgangslager« Westerbork verbracht und dort zur Zwangsarbeit verpflichtet.

*3. September 1944*: Alle acht sind im letzten Transport von Westerbork nach Auschwitz. Ankunft am 6. September. Frau Frank, Anne und Margot kommen ins Frauenlager Auschwitz-Birkenau. Bald nach der Ankunft stirbt Herr van Pels in der Gaskammer. Fritz Pfeffer stirbt am 20. Dezember im KZ Neuengamme. Das Todesdatum von Frau van Pels ist unbekannt. Peter überlebt einen »Evakuierungsmarsch« von Auschwitz in das KZ Mauthausen, wo er am 5. Mai 1945 stirbt.

*Ende Oktober/Anfang November 1944*: Anne und Margot werden in das KZ Bergen-Belsen gebracht. Edith Frank bleibt in Auschwitz-Birkenau, wo sie am 6. Januar 1945 stirbt.

*27. Januar 1945*: Befreiung des Konzentrationslagers Auschwitz durch die Rote Armee. Zu den Überlebenden gehört Otto Frank.

*Ende Februar/Anfang März 1945*: Margot und Anne Frank sterben an Typhus im Lager Bergen-Belsen.

*1947*: Niederländische Erstausgabe von Annes Tagebuch unter dem Titel »Das Hinterhaus«.

*1950*: Deutsche Erstausgabe des »Tagebuchs der Anne Frank«, übersetzt von Anneliese Schütz.

*1980*: Otto Frank stirbt am 19. August in Birsfelden (Schweiz).

*1986*: Das Niederländische Staatliche Institut für Kriegsdokumentation veröffentlicht die Kritische Ausgabe von Annes Tagebuch, »Die Tagebücher der Anne Frank«.

*1991*: Erweiterte Neuausgabe als »Anne Frank. Tagebuch«, übersetzt von Mirjam Pressler.

## Anmerkungen

1 Die Auschwitz-Hefte. Beltz Verlag. Weinheim 1987. Bd. 2. S. 261 ff.

2 Diese Dokumente wurden später der Kommission zur Untersuchung der Naziverbrechen in Krakau übergeben. Dr. Otto Wolken hat sie erläutert. Abdruck in: Friedrich Karl Kaul. Ärzte in Auschwitz. Berlin 1968

3 Das Krematorium IV war am 7. Oktober 1944 bei einer Revolte von Angehörigen des »Sonderkommandos« (jüdische Häftlinge, die gezwungen wurden, die Leichen aus den Gaskammern zu holen und zu den Krematorien zu transportieren) gesprengt worden. 450 Sonderkommando-Angehörigen gelang zunächst die Flucht, doch sie wurden gestellt und erschossen. Die anderen Krematorien wurden, weil Himmler dies wegen des Näherrückens der Roten Armee angeordnet hatte, ab dem 25. November 1944 langsam abgebaut. Am 20. Januar sprengte die SS die Reste der bereits zu großen Teilen abgetragenen Krematorien II und III in die Luft, am 26. Januar schließt das Krematorium V. (Über ein Krematorium I habe ich keine Angaben gefunden, möglicherweise war es das im Stammlager Auschwitz befindliche »alte Krematorium«.)

4 Rudolf Höß, ab 1. Mai 1940 Kommandant in Auschwitz, gab am 5. April 1946 in Nürnberg eine eidesstattliche Erklärung ab, der die folgenden Zitate entnommen sind: »Ich befehligte Auschwitz bis zum 1. Dezember 1943 und schätze, daß mindestens 2.500.000 Opfer dort durch Vergasung und Verbrennen hingerichtet und ausgerottet wurden; mindestens eine weitere halbe Million starben durch Hunger und Krankheit, was eine Gesamtzahl von ungefähr 3.000.000 ausmacht. Diese Zahl stellt ungefähr 70 oder 80 Prozent aller Personen dar, die als Gefangene nach Auschwitz geschickt wurden; die übrigen wurden ausgesucht und für Sklavenarbeit in den Industrien des Konzentrationslagers verwendet. Unter den Hingerichteten befanden sich ungefähr 20.000 russische Kriegsgefangene [...]. Der Rest der Gesamtzahl der Opfer umfaßte ungefähr 100.000 deutsche Juden und eine große Anzahl von Einwohnern, meistens Juden, aus Holland, Frankreich, Belgien, Polen, Ungarn, Tschechoslowakei, Griechenland und anderen Ländern. [...] Eine andere Verbesserung gegenüber Treblinka war, daß wir Gaskammern bauten, die 2.000 Menschen auf einmal fassen konnten, während die zehn Gaskammern in Treblinka nur je 200 Menschen faßten.« (Zitiert nach Gerhard Schoenberger: Der gelbe Stern. Die Judenverfolgung in Europa. C. Bertelsmann Verlag. München 1978, 1987. S. 136)

5 Brockhaus Enzyklopädie. Neunzehnte, völlig neu bearbeitete Auflage. F.A. Brockhaus. Mannheim 1986

6 Martin Gilbert: Auschwitz und die Alliierten. C. H. Beck. München 1982. S. 395

7 Elfriede (Fritzi) Frank-Markovits, Otto Franks zweite Frau, in einem Brief an die Autorin

8 K. Zetnik. Di Schwue. I. L. Peretz Publishing. Tel-Aviv 1982

9 Zitiert nach Ernst Schnabel: Anne Frank. Spur eines Kindes. Fischer Bücherei KG. Frankfurt am Main 1958

10 Zitiert nach Miep Gies: Meine Zeit mit Anne Frank. Scherz. Bern 1987. S. 231

11 Willy Lindwer: Anne Frank. Die letzten sieben Monate. Augenzeuginnen berichten. S. Fischer. Frankfurt am Main 1990. S. 114

12 Miep Gies, a. a. O., S. 235

13 Die kursiv gedruckten Passagen sind zum größten Teil Zitate aus Anne Franks Tagebuch. Sie sind, soweit nicht anders angegeben, der neuen Leseausgabe des Tagebuchs entnommen: Anne Frank. Tagebuch. Fassung von Otto H. Frank und Mirjam Pressler. S. Fischer. Frankfurt am Main 1991. Auf Zitate aus der Kritischen Ausgabe (Die Tagebücher der Anne Frank. Hrsg. vom Niederländischen Staatlichen Institut für Kriegsdokumentation. S. Fischer. Frankfurt am Main 1988; im Folgenden Kritische Ausgabe genannt) ist jeweils gesondert hingewiesen. Einige Zitate stammen auch aus Anne Franks Erzählsammlung: Geschichten und Ereignisse aus dem Hinterhaus. Fischer Taschenbuch Verlag. Frankfurt am Main 1982.

14 Vgl. Geschichten und Ereignisse aus dem Hinterhaus, a. a. O., S. 139 ff.

15 Zitiert nach Kritische Ausgabe, a. a. O., S. 67 ff.

16 Zitiert nach Kritische Ausgabe, a. a. O., S. 71

17 Erschienen in: Het Parool, 3. April 1946. Zitiert nach Kritische Ausgabe, a. a. O., S. 77

18 Kritische Ausgabe, a. a. O., S. 279

19 Ebenda, S. 280

20 Ebenda, S. 282

21 Diese und andere Informationen dieses Kapitels entnahm ich dem sehr aufschlußreichen Ausstellungskatalog »Anne Frank aus Frankfurt« von Jürgen Steen und Wolf von Wolzogen. Historisches Museum Frankfurt. Frankfurt 1990. Dort S. 12

22 Zitiert nach: Anne Frank aus Frankfurt, a. a. O., S. 26

23 Laut erhaltengebliebenem Kündigungsschreiben. Zitiert nach: Anne Frank aus Frankfurt, a. a. O., S. 58

24 Zitiert nach: Anne Frank aus Frankfurt, a. a. O., S. 67

25 Es handelt sich um das »Gesetz zur Wiederherstellung des Berufsbeamtentums«, das die Entlassung aller Beamten nichtarischer Abstammung verfügte. Zitiert nach: Anne Frank aus Frankfurt, a. a. O., S. 64

26 Diese und andere Informationen aus diesem Kapitel stammen aus: Mozes Heiman Gans: Memorboek. Platenatlas van het leven der joden in Nederland van de middeleeuwen tot 1940. Bosch & Keuning n. v. Baarn. Zesde bijgewerkte druk: maart 1988

27 Ebenda, S. 28

28 Zitiert nach: Anne Frank aus Frankfurt, a. a. O., S. 74

29 Volker Jakob, Annet van der Voort (Hrsg.): Anne Frank war nicht allein. Lebensgeschichten deutscher Juden in den Niederlanden. Dietz. Berlin 1988. S. 19
30 Willy Lindwer, a. a. O., S. 33 ff.
31 Miep Gies, a. a. O., S. 29
32 Zitiert nach Willy Lindwer, a. a. O., S. 30
33 Miep Gies, a. a. O., S. 35
34 Kritische Ausgabe, a. a. O., S. 215
35 Miep Gies, a. a. O., S. 42
36 Ebenda, S. 52
37 Kritische Ausgabe, a. a. O., S. 249
38 Miep Gies, a. a. O., S. 102
39 Ebenda, S. 245
40 Ebenda, S. 34
41 Ebenda, S. 28
42 Ebenda, S. 133
43 Ebenda, S. 166
44 Ebenda, S. 166
45 Ebenda, S. 165
46 Ebenda, S. 114
47 Ebenda, S. 174
48 Ebenda, S. 44
49 Ebenda, S. 133 f.
50 Ebenda, S. 136 f.
51 Ebenda, S. 104
52 Dr. J. Presser: Ondergang. De verfolging en verdelging van het Nederlandse jodendom 1940–1945. Staatsuitgeverij/'s-Gravenhage 1985. Band 2, vor S. 177
53 Miep Gies, a. a. O., S. 27
54 Ernst Schnabel: Anne Frank. Spur eines Kindes. Fischer Bücherei. Frankfurt am Main 1958. S. 80
55 Miep Gies, a. a. O., S. 51
56 Ebenda, S. 147
57 Ernst Schnabel, a. a. O., S. 74
58 Miep Gies, a. a. O., S. 50
59 Laut Auskunft von Vincent Frank-Steiner, Vorsitzender des ANNE-FRANK-Fonds, Basel.
60 Miep Gies, a. a. O., S. 187 f. (Miep Gies verwendet in ihrem Buch die früher gebräuchlichen Pseudonyme für die Helfer. In diesem Zitat wurden statt der Pseudonyme Koophuis und Henk die wirklichen Namen Kleiman und Jan verwendet, um Verwirrung zu vermeiden.)
61 Ebenda, S. 85
62 Laut Angaben in der Kritischen Ausgabe, a. a. O., S. 55 f. Bei Miep Gies, a. a. O., steht auf S. 229: »[...] daß er den Deutschen entkommen konnte

und sich den Hungerwinter über in seiner eigenen Wohnung versteckt
hatte, versorgt von seiner Frau.«

63  Zitiert nach Gerhard Schoenberger: Der gelbe Stern. Die Judenverfolgung in Europa. C. Bertelsmann. München 1978, 1987. S. 216

64  Gilbert, a. a. O., S. 39

65  Meyers großes Taschen-Lexikon, Bibliographisches Institut. Mannheim
1983 (aktualisierte Neuausgabe)

66  Hans-Dieter Schmid u. a.: Juden unterm Hakenkreuz. Dokumente und
Berichte zur Verfolgung und Vernichtung der Juden durch die Nationalsozialisten 1933–1945. Bd. 2. Schwann. Düsseldorf 1983. S. 127. (Fehler in
der Orthographie wurden korrigiert.)

67  Gilbert, a. a. O., S. 49 f.

68  Kritische Ausgabe, a. a. O., S. 326 (Version a)

69  Geschichten und Ereignisse aus dem Hinterhaus, a. a. O., S. 108 ff.

70  Lindwer, a. a. O., S. 27

71  Ebenda, S. 28

72  Geschichten und Ereignisse aus dem Hinterhaus, a. a. O., S. 113

73  Zitiert nach Kritische Ausgabe, a. a. O., S. 233

74  Vgl. auch die Erzählung »Warum?« in: Geschichten und Ereignisse aus
dem Hinterhaus, S. 146 f.

75  Zitiert nach Kritische Ausgabe, a. a. O., S. 78

76  Diese und andere Informationen in diesem Kapitel sind der Kritischen
Ausgabe entnommen.

77  Otto Franks verantwortungsvolle Haltung anderen Menschen gegenüber
bewies er auch nach seiner Rückkehr aus Auschwitz. Fritzi Frank erzählt,
er habe Überlebende aufgesucht, ihnen geholfen, habe sich um verwaiste
Kinder gekümmert und sie zu Verwandten gebracht. Bis zu seinem Tod
1980 benutzte er einen beträchtlichen Teil des Vermögens, das ihm der
Verkaufserfolg von Annes Tagebuch eintrug, um andere Menschen, vor
allem Opfer des Nazi-Regimes, zu unterstützen

78  Lindwer, a. a. O., S. 77

79  Ebenda, S. 121

80  Ebenda, S. 155 f.

81  Elfriede Frank-Markovits, Otto Franks zweite Frau, am 22. Sept. 92 in
einem Brief an die Autorin

82  Ebenda, S. 191

83  Clara Asscher-Pinkhoff: Sternkinder. Oetinger. Hamburg 1986

84  Lindwer, a. a. O., S. 47 f.

85  Ebenda, S. 103

86  Ebenda, S. 134 f.

Der Abdruck der Zitate aus Anne Franks Tagebuch (aktualisierte Fassung)
erfolgt mit freundlicher Genehmigung des S. Fischer Verlages aus: Anne
Frank Tagebuch. Einzig autorisierte und ergänzte Fassung: Otto H. Frank
und Mirjam Pressler. S. Fischer Verlag GmbH, Frankfurt am Main 1991

*Bibliographie der nicht ausdrücklich in*
*den Anmerkungen genannten Bücher*

Gebhardt, Bruno: Handbuch der deutschen Geschichte. 22 Bde. Deutscher Taschenbuch Verlag. München 1980

Gilbert, Gustave M.: Nürnberger Tagebuch. Gespräche der Angeklagten mit dem Gerichtspsychologen. Fischer Taschenbuch Verlag. Frankfurt am Main 1987

Adler, H.G., u.a.: Auschwitz. Zeugnisse und Berichte. Europäische Verlagsanstalt. Köln 1984

Schuder, Rosemarie/Hirsch, Rudolf: Der gelbe Fleck. Wurzeln und Wirkungen des Judenhasses in der deutschen Geschichte. Rütten & Loening. Berlin 1987

Pätzold, Kurt (Hrsg.): Verfolgung, Vertreibung, Vernichtung. Röderberg-Verlag. Frankfurt am Main 1984

*Bildnachweis*

# Biographien

Heike Brandt
## »Die Menschenrechte haben kein Geschlecht«
Die Lebensgeschichte der Hedwig Dohm
128 Seiten mit Fotos   (80734)
*Auswahlliste Deutscher Jugendliteraturpreis*

Irmela Brender
## Vor allem die Freiheit
Die Lebensgeschichte der George Sand
112 Seiten mit Abbildungen   (80670)

Heiner Feldhoff
## Paris, Algier
Die Lebensgeschichte des Albert Camus
128 Seiten mit Fotos   (80698)

Heiner Feldhoff
## Vom Glück des Ungehorsams
Die Lebensgeschichte des Henry David Thoreau
112 Seiten mit Fotos   (80683)

Frederik Hetmann
## Bis ans Ende aller Straßen
Die Lebensgeschichte des Jack Kerouac
120 Seiten mit Fotos   (80689)

Frederik Hetmann
## Drei Frauen zum Beispiel
Die Lebensgeschichte der Simone Weil, Isabel Burton
und Karoline von Günderrode
168 Seiten mit Fotos   (80692)

Beltz & Gelberg
Beltz Verlag, Postfach 10 01 54, 69441 Weinheim

# Biographien

Frederik Hetmann
## *Schlafe, meine Rose*
Die Lebensgeschichte der Elisabeth Langgässer
112 Seiten mit Fotos   (80668)

Frederik Hetmann
## *So leicht verletzbar unser Herz*
Die Lebensgeschichte der Sylvia Plath
112 Seiten mit Fotos   (80681)

Charlotte Kerner
## *Lise, Atomphysikerin*
Die Lebensgeschichte der Lise Meitner
140 Seiten mit Fotos   (80664)
*Deutscher Jugendliteraturpreis*

Charlotte Kerner (Hrsg.)
## *Nicht nur Madame Curie...*
Frauen, die den Nobelpreis bekamen
336 Seiten mit Fotos   (80691)
*Auswahlliste Deutscher Jugendliteraturpreis*

Charlotte Kerner
## *Seidenraupe, Dschungelblüte*
Die Lebensgeschichte der Maria Sibylla Merian
112 Seiten mit Abbildungen   (80675),
auch geb. mit Schutzumschlag (80816)
*Auswahlliste Deutscher Jugendliteraturpreis*

Ilse Kleberger
## *Der eine und der andre Traum*
Die Lebensgeschichte des Heinrich Vogeler
136 Seiten mit Fotos   (80696)

## Beltz & Gelberg
Beltz Verlag, Postfach 10 01 54, 69441 Weinheim

# Biographien

Michail Krausnick
## *Hungrig!*
Die Lebensgeschichte des Jack London
96 Seiten  (80652)


Ernst Nöstlinger
## *Den Osten im Westen suchen*
Die Lebensgeschichte des Christoph Kolumbus
144 Seiten mit Abbildungen  (80697)


Monika Pelz
## *»Nicht mich will ich retten!«*
Die Lebensgeschichte des Janusz Korczak
116 Seiten mit Fotos  (80731)
*Auswahlliste Deutscher Jugendliteraturpreis*


Mirjam Pressler
## *Ich sehne mich so*
Die Lebensgeschichte der Anne Frank
160 Seiten mit Fotos  (80740)


Jürgen Serke
## *Die verbrannten Dichter*
Lebensgeschichten und Dokumente
416 Seiten mit Abbildungen und Fotos  (80721)


Margret Steenfatt
## *Ich, Paula*
Die Lebensgeschichte der Paula Modersohn-Becker
140 Seiten mit Abbildungen  (80738)

## Beltz & Gelberg
Beltz Verlag, Postfach 10 01 54, 69441 Weinheim

# Biographien

Werner Steinbeiß
## *Der Geschmack der Erde*
Die Lebensgeschichte des Federico García Lorca
112 Seiten mit Fotos (80674)

Renate Wind
## *Dem Rad in die Speichen fallen*
Die Lebensgeschichte des Dietrich Bonhoeffer
160 Seiten mit Fotos (80733),
auch geb. mit Schutzumschlag, 240 Seiten (80824)
*Auswahlliste Deutscher Jugendliteraturpreis*
*Evangelischer Buchpreis*

Arnulf Zitelmann
## *»Ich will donnern über sie!«*
Die Lebensgeschichte des Thomas Müntzer
176 Seiten mit Abbildungen (80732)

Arnulf Zitelmann
## *»Keiner dreht mich um«*
Die Lebensgeschichte des Martin Luther King
168 Seiten (80739)
*Auswahlliste Deutscher Jugendliteraturpreis*

Arnulf Zitelmann
## *»Widerrufen kann ich nicht«*
Die Lebensgeschichte des Martin Luther
144 Seiten (80737)

*Weitere Biographien in Vorbereitung*

Beltz & Gelberg
Beltz Verlag, Postfach 10 01 54, 69441 Weinheim

# Der Fischmann - Saga erster Teil

H.W. Katz
**Die Fischmanns**
Roman
1994. 264 Seiten.
Gebunden mit Schutzumschlag.

ISBN 3-88679-705-8

Katz entfaltet in diesem Roman einen Bilderbogen ostjüdischen Lebens am Anfang dieses Jahrhunderts, eine Familiensaga, die den Überlebenskampf von drei Generationen der Familie Fischmann, verfolgter Ostjuden aus Galizien, bis zum Ausbruch des 1. Weltkrieges erzählt, unpathetisch und doch voller Poesie. 1937 erhielt H.W. Katz für diesen Roman den »Heinrich-Heine-Preis« in Paris.

»...ein farbiges Märchen, das an die Könnerschaft und Weisheit von Ch. Andersen erinnert...« *Lion Feuchtwanger*

»Katz war von der düsteren Allgemeinheit seines Lebenslaufs durchdrungen; sein Buch aber ist etwas sehr Seltenes. Dem Schrecken, von dem er berichtet, hat er eine Poetik verliehen, die ihn nicht eindämmert oder falsch überglänzt: Hier schrieb ein denkendes Herz, und jeder, der ›Die Fischmanns‹ liest, wird das seine schlagen hören.« *taz*

Quadriga

7337 9.3.94

# Anne Frank
## *Geschichten und Ereignisse*
## *aus dem Hinterhaus*

Aus dem Niederländischen von
Edith Schmidt, Anneliese Schütz und Josh van Soer

Mit einem Vorwort von Josh van Soer
Band 12096

In der Enge des Amsterdamer Hinterhauses, das
die Familie Frank vor den Verfolgungen der Nazis verbarg,
begann Anne zu schreiben. Neben dem inzwischen
weltberühmten »Tagebuch« entstanden Geschichten,
in denen sich Anne an ihre Schulzeit erinnert,
als sie noch leben durfte wie andere junge Menschen.
Sie erzählt von Lehrern, Freundinnen und von
Alltäglichem, das um so schwerer zu bewältigen ist, wenn
man in der ständigen Furcht lebt, entdeckt zu werden.
Neben diesen autobiographischen Texten schrieb
Anne Frank Märchen sowie Geschichten, in denen sie sich
fortträumt, ihre Figuren reisen und Bekanntschaften
schließen läßt und die vor allem frei sind.

Fischer Taschenbuch Verlag